許されざる者

司城志朗

幻冬舎文庫

許されざる者

1

馬は泡を吹いた。

男はさらに脇腹を蹴った。

馬は苦しげに嘶《いなな》いた。首を左右に振りたてて、今や足元もおぼつかない。体は滝のように発汗し、真っ白な湯気を立てている。もともと軍馬ではない。ずんぐりむっくりした荷送用の駄馬だ。速駆けには向かない。無理にさせればすぐへたる。

その馬を、夜明け前からほとんど休みなしに、半日以上駆り立ててきた。とうに体力の限界を超えている。さながら嵐の海に浮いた木の葉舟だ。

男は短刀を抜き、馬の尻を突いた。

馬は一瞬、棹立ちになった。鮮血が股を伝い、雪の上に滴った。

「殺すぞ」

二回、三回と尻を突いた。馬はシャボンのような泡を大量に垂らし、よろめきながら走り出した。

蝦夷《えぞ》地の冬は、蒼き狼のようにやってくる。夕張の南に横たわる広大な原野は、すでに一面の雪だった。

その日は雲が厚く、太陽は姿を隠してありかさえ定かでない。死人の肌のような色をした空が、低く重く垂れさがり、遠い夕張の連山を灰色に包み込んでいる。見えるのは、仄白い起伏の中に点在する黒い森林だけだ。

突然、馬が右の前膝を折った。肩から雪の上になだれ落ち、地響きを立てて横転した。雪がパッと舞い散って、悲痛な嘶き声が上がった。

男は馬に積んでいた背嚢《はいのう》とともに、宙を泳ぎ、雪の中に転がり落ちた。これは男にとって幸運だった。左の腰には大刀を一本差している。もし逆の方向に放り出されたら、刀が体の下になる。刀の鐔《つば》で、脇腹の骨を一、二本折られていただろう。

「くそ」

股がしびれ、立ちあがれない。裸馬にまたがって、脇腹を締め続けてきたせいだ。

吐く息が白く濁り、顔のまわりに立ちこめた。寒風が音を立てて吹きすさび、強烈に寒い。

熱いのは頭だけだ。馬の手綱を握っていた体は、その格好のまま固まって自由がきかない。

大刀を杖にして、よろりと体を立てた。

この男、背は六尺を超える。韮山頭巾《にらやまずきん》を被った顔は汚れ、すすけ、皺が深い。肉は落ち、不精髭は伸び放題で、――目だけが油でも浮いているように、異様にギラつく。

黒の筒袖に鹿皮の袖なしを着て、黒の段袋に白い帯。足には革の半長靴。背中にライフル、肩には革製の弾薬入れ。どれも色褪せ、汚れているが、今はなき幕府軍伝習歩兵隊の軍装だ。しかし、兵士には見えない。人間にも見えない。飢えた獣だ。

馬は横転したままだった。口のまわりに泡をため、脚をわずかに動かしていた。頭の中ではまだ雪原を駆けているか。

男は倒れた馬にまたがり、短刀を馬の首に突き立てた。

馬体は大きく跳ねた。どこにそんな体力が残っていたのかという勢いで、男の体を跳ね飛ばした。だが、そのあとはもう動かなくなった。

短刀を抜くのは骨だった。一尺近い刃が、柄のすぐ下まで馬の首にめりこんでいた。そして頸動脈を完全に断ち切っていたにちがいない。まるで火山の噴火のように、赤い動脈血が天に向かって噴き上げた。

男は両手でその血を受け、喉を鳴らしてすすった。途中でむせて、吐きそうになった。馬の生き血ほど生臭いものはない。

だがほかに、命に火をつけるものはない。

やっと体がほぐれてきた。

いつ降り出したのか、風に雪が混じっている。口のまわりの血をぬぐい、雪原の彼方に目を凝らした。まだ追っ手の姿は見えてこない。

血にまみれた馬の目が、ほんのわずか動いた。その背中に、短刀の刃を突き入れた。皮を剝ぎ、筋を切り、骨の内側の肉をえぐり取った。外気に触れると、肉は湯気を立てて鮮やかな桜色に変色した。老いた駄馬でも、この部位の肉は生で食える。

歯で食いちぎり、食いちぎりして食った。

空はますます暗くなり、雪が激しくなってきた。

追っ手の姿は、雪でかすんだ雪原の果てに、黒いゴマ粒のように出現した。予想したより早かった。そして予想したより、はるかに執念深い連中だった。

男は大刀と背嚢を下げ、雪の中を歩き出した。

斜め左手の山麓に、雪をかぶった原生林が見える。そこまで距離は二、三町か。この雪原の中、ほかに身を隠す場所はない。よろめきながら、足下の雪を蹴散らした――。

ことは半年前にさかのぼる。

明治二年五月十八日、函館の五稜郭に籠城していた旧幕府軍は、大軍をもって攻め寄せた新政府軍の前に、ついに降伏した。総裁・榎本武揚をはじめ、投降した旧幕府軍の兵士はおよそ二千名。鳥羽・伏見の戦いから一年半に及んだ戊辰《ぼしん》戦争は、ここに終結した。

しかし、その前夜、投降を拒否して密かに五稜郭を抜け出した者たちがいた。彼らは生き延びるため、またいつの日か新政府軍に一矢報いるため、広大な蝦夷の奥地を目指して落ちていった。その数は、百とも二百とも言われる。

新政府軍は威信をかけて、これに厳しく対処した。

「榎本軍の残賊を召し取るべし。抵抗すれば射殺しても苦しからず」

という触書きを蝦夷地のすべての村に出し、討伐隊を各地に差し向けた。

残党狩りは過酷で、容赦がなかった。発見された者はその場で首を斬られ、近くの無縁仏に放りこまれた。彼らの逃亡に手を貸したとされた者も、多くは死罪に処せられた。

北海道と名を変えた新天地は、至るところ血に染まることになった。

そしてこの日、雪降りしきる夕張の原野でまたひとり、五稜郭の残党が討伐隊に追い詰められていた。

「釜田十兵衛！　聞こえるか」

雪でかすむ雪原の果てに出現した討伐隊は、八人の騎馬兵士だった。みな官軍の冬季用軍服を着て、スナイドル銃と軍刀で武装していた。残賊の姿を視認すると歩みを早め、一刻もしないうちに現場に到着した。

雪原に横倒しになった馬は、降りしきる雪があらかた埋めていた。馬が流した血も、そこから左手の原生林に向かった男の足跡も、完全に消していた。

だが討伐隊の指揮官は、望遠鏡で、男がよろめきながら原生林に入っていく姿を捕えていた。

もちろん無謀につっこむような真似はしない。仮にも討伐隊を率いる指揮官だ。窮鼠に嚙まれるほど愚かなことはない、と知っている。原生林の手前で馬をとめて、大声を放った。

「釜田！　逃げ場はないぞ。投降すれば、命は助ける。投降しろ」

どこかで雪のかたまりがひとつ、樹上から落ちる音がした。

だが、返事は返ってこない。雪に覆われた針葉樹の林は森閑として、物音ひとつ立たない。

風がやみ、雪は音もなく降っている。

「応援が来ます。それまで待て、という指示ですよ」

副官が馬を近づけ、声をかけた。四十半ばの副官は、自分よりひとまわり年下の青臭い指揮官を、はじめから信用していない。

「たかが残賊ひとりに応援だ、と？」

「相手は〝ひと斬り〟ですから」

若い指揮官は鼻で笑った。〝ひと斬り十兵衛〟の噂は聞いている。鷲の木で三人斬った。千歳で四人斬った。本当か。ただの噂ではないのか。

だいたい〝ひと斬り〟なんてやつはどこにでもいる。土佐や薩摩、新撰組にもひとりいた。だが、連中が実際に何人斬った？

噂は噂。所詮、尾ひれがついただけだ。十兵衛にしても同じこと。臆病者が、取り逃がした言い訳にあることないこと騒ぎ立てているだけだ。

食うや食わずの逃亡兵が、たったひとりで何ができる？

指揮官は馬を少し後退させ、望遠鏡で、山麓の原生林全体を観察した。幅は東西におよそ五、六町。奥に向かって緩やかな上り坂で、奥行きはもう少し長い。雪を載せた針葉樹が真っ黒に密生しているところもあれば、疎《まば》らなところもある。

「狩り出せ」

指揮官は命令を発した。

二名ひと組になった兵が、森林の左右に馬を走らせた。指揮官を含めた本隊四名は、森林前方のとば口まで進んで横一列になり、馬上でスナイドル銃を構えた。

残賊は、森林の中のどこか樹の陰に姿を潜ませている。二名ひと組の兵が、東西両端から挟み撃ちして追い立てていけば、残賊はいやでも林の中ほどに姿を見せる。そこを本隊四名で狙撃する作戦だ。

「釜田！　諦めて出てこい」

「投降しろ」

森林の東と西の端から、残賊を追い立てる声が響いてきた。指揮官はじめ本隊四名はスナイドル銃を構え、慎重に、森の中に馬を進めていった。歩兵なら匍匐《ほふく》前進といった速度か。視界は悪くなかった。雪は絶え間なく降っている。だが森の中には、樹々が邪魔してさほど落ちてこない。

「エゾリスですよ」

最初に発砲したのは指揮官だった。ほかの三人は銃を向けたが、引き金は引かなかった。

副官が言った。

「動くものは撃て」

指揮官の声が怒気を含んだ。お前たちはなぜ撃たなかった、と言いたげだ。

副官は無言で見返した。作戦行動においては、普通、兵卒は指揮官の命令なしには発砲できない。射撃体勢を取って、命令を待つ。だが、若い指揮官にはその抗議も通じなかった。

「命令が不服か」

「いえ」

「なら従え」

スナイドル銃は元込め式で、銃身の後ろ端に可動式の尾栓《ブリーチ》がついている。右に開くやつだ。ボクサー式実包を使うので、暴発する恐れは少ない。

指揮官は新しい実包を取り出し、装塡しようとした。

そのとき馬の嘶きとともに、二発の銃声がした。雪の落ちる音。そして何かがぶつかり、倒れたような物音。場所は本隊の右手、やや前方だ。森林の東側から残賊を追い立てている二名の兵士が、残賊に遭遇したか。

「報告しろ」

指揮官は叫んだ。

返事はない。もう何も聞こえない。ただ樹林の中から緊迫した気配が伝わってくる。指揮官は東へ行った二名の兵士の名を呼んだ。

「何があった。報告しろ」

やはり返事はない。指揮官は眉をよせた。別のところで馬の高い嘶き声が上がった。

本隊の四人ははっ、と前方に目を向けた。緩やかな坂になった森林の奥から、鞍のついた馬がものすごい勢いで駆けおりてくる。討伐隊の軍馬だ。誰も乗っていない。

いや、馬の横腹に誰かいる。鐙《あぶみ》をつかんでしがみついている。韮山頭巾の残賊だ。

「撃て」

指揮官の号令で、本隊四人は一斉に銃を撃った。

スナイドル銃は、全長一二四〇ミリ。銃身の内側に、五条のライフリングが刻んである。螺旋状の浅い溝だ。そのため弾道が安定し、これまでのマスケット銃に比べると命中精度が上がった。

といっても、決して高くはなかった。初速が足りず、口径・五五七は大きすぎた。有効射程は八百メートルとうたっているが、目標から百五十メートル離れると、まず命中しない。鉄砲隊が、密集隊形で敵に向かって一斉射撃をするのはそのためだ。一丁ずつ撃っていてはあたらない。数十丁まとめて撃てば、どれかひとつはあたる、という戦術だ。

四人の討伐兵が一斉に発砲したとき、前方から駆け下りてきた馬までの距離はおよそ百六十メートル。四発の弾丸はかすりもしなかった。

四人はただちに次弾の装塡にかかった。先込め式の銃に比べると、その時間も半分近くに短縮された。手早くやれば、六、七秒。

だが、四人は動揺していた。寒さのために、指も思うように動かなかった。尾栓を開き、実包を詰め、撃鉄をあげ、再び射撃体勢に入るまでに九秒かかった。

「撃て」

一斉射撃の音がした。

馬は、そのときすでに本隊の目前五十メートルまで接近していた。それでも二発は外れた。だが、一発は馬の首を貫通し、もう一発はまるで測ったように額の真ん中を撃ちぬいた。目と目の間、額は馬の急所だ。

雪の傾斜を疾駆してきた馬は両脚を折り、前のめりに崩れ落ちた。ものすごい雪煙があがったが、その勢いはとまらず、馬体は頭から一回転して樹木に激突した。樹上の雪が轟音を立ててなだれ落ちた。

だが、横腹に食いついていた男は、馬が崩れ落ちる寸前、雪の上に転がり落ちた。

男は大刀を振りかぶり、雄叫びをあげて突進してきた。

「うおおおおおおおおお」

「撃て！　撃て！」

指揮官が絶叫した。

だが、弾丸を発射できる銃はない。

四人の兵は懸命に弾丸を装塡しようとした。焦りに焦り、その分指は動かない。六秒。七秒。やっと尾栓を閉じた指揮官は顔をあげ、目を剝いた。大刀を振りかざした賊が、もう目の前に迫っている。獣のようにギラついた目が、真っ向から睨んだ。撃鉄を起こす暇がない。

指揮官は馬上から、スナイドル銃を男に向かって投げつけた。

硬い木製銃床が、迫りくる男の顔面をしたたか打った。

だが、男の動きはとまらない。残り三メートルの間を一気に詰めて、大刀を横なぐりに払った。軍馬の鐙に乗っていた指揮官の足が、膝の下から切断された。血が噴き出すより早く、指揮官はサイレンのような悲鳴を上げて馬から落ちてきた。

その悲鳴はすぐ消えた。

男の大刀が一閃し、指揮官の生首が血を垂らして宙を飛んだ。雪の上に落下した胴体は、首の切断面からドロリ、と血の塊を吐いた。

三人の兵は思わず馬上で硬直した。

男の動きは瞬時もとまらなかった。大刀は左手で構え、指揮官の軍刀を抜き取って馬上に投げた。

そこにいたのは、四人の中で唯一銃の装塡を終えた年配の副官だった。撃鉄もすでに起きていた。が、軍刀に左の胸を刺し貫かれ、副官は馬から転がり落ちた。

ほかのふたりは泡を食い、判断を誤った。馬の尻を叩き、即座に逃げるべきだったろう。

彼らも〝ひと斬り〟の噂は聞いていたのだから。

しかし、ふたりはあわてて馬を下り、軍刀を抜いた。だだっ広い平原なら、騎馬兵の方が有利に戦える。が、この傾斜した雪の林の中では、馬が邪魔だ、と判断したのだ。

刀が打ち合う音はしなかった。ほんの数分で片がついた。

ひとりの兵士は軍刀を握った腕を切断され、エゾ松の大木に顔面を強打して絶命した。大木の幹には血痕と、前歯が三本突き刺さって、残った。

もうひとりの兵士は下腹を横に斬られ、黄色い脂の混じった臓物を雪の上にぶちまけた。どこへ行こうとしたか知れないが、その兵は息絶えるまでおよそ四メートル、雪の上を這った。

韮山頭巾の男はギラついた目でまわりを見て、大刀を顔の前に立てた。刃はぼろぼろで、もう使い物にならない。血のりをざっと拭って、腰の鞘に納めた。

それから倒れた馬の腹に腰をおろし、酒を飲んだ。喉を鳴らし、次から次と流しこんだ。竹筒に入った酒は、倒した討伐兵の背嚢をあさって見つけてきた。

口に含んだ酒を、ときどき勢いよく自分の体に吹きかけた。

この男もむろん無傷ではない。よく見ると、筒袖にも段袋にもかなり血がにじんでいる。顔面も赤黒い痣《あざ》だらけで、頬にふた筋三筋、血が垂れている。

「釜田……」

近くで呻くような声がした。さっき軍刀に胸を刺し貫かれ、馬から転げ落ちた討伐隊の副官だ。雪の上にあおむけになり、両手の指をわずかに動かしている。

軍刀は左の胸に突き立ったままだ。

「十兵衛……」

「なんだ」

「返せ。それは俺の酒だ」

「今はちがう」

「なら、飲ませろ」

十兵衛はそばに行き、しゃがんで副官の体を少し立ててやった。竹筒の飲み口を口にあてがうと、副官はわずかに喉を鳴らした。

「こんなところでくたばるとはな。ちくしょう。お前を見つけたのが運のつきだった。おれには女房も子もいるんだぞ」

「知ったことか」

「お前のせいでひとが死ぬ。夕張のキリシタン村へ戻ってみろ。もう焼け跡しか残っていない。村の者は、女子供までひっくるめて皆殺し、小屋には残らず火をかけられた。お前をかくまったせいだ」

「キリシタン村？」

「知らなかったのか」

「おれは通りかかっただけだ」

「あいつらは長崎から流れてきた隠れキリシタンだった。アイヌに混じって、山の中でひっそり暮らしていた。ここで生きていけるだけでいい、この世にほかに望みはない、そういうやつらだった。お前が通りさえしなきゃ——」

「誰が殺《や》った」

「だからお前だ。お前が歩くと、ひとが死ぬ」

十兵衛は竹筒を口にあて、黙りこくって酒を飲んだ。副官はゴボッと音を立て、口から血を吐いた。かすかにまばたきをしたが、もう目も見えないのかも知れない。軍刀が刺さった胸の傷口から、絶え間なく血がにじみ出ている。

「いるか十兵衛、聞いてるか」

「なんだ」

「ときどきな、この世に生きることを許されぬ者がいる。お前がそうだ。早くくたばれ。消え失せろ。十兵衛、お前はこの世にいてはならん」

「覚えておこう」

「もう行け。勇払から一分隊、応援が出ている。一日二日で追いつくぞ。そうすると、またひとが死ぬ。早く失せろ。いや待て。行く前に、抜いてくれ。このまんまじゃあ、死ぬのに手間がかかる」

十兵衛は立ち上がり、副官の胸に刺さった軍刀を引き抜いた。血の噴出はそれほどでもなかった。すでに大量の血が流出していたのだろう。

三秒で、副官の顔から生気が抜けた。

十兵衛は血のついた軍刀を雪道に突き立てた。その音でエゾリスが飛び上がったほど、森の中は静まり返っていた。風がやみ、降る雪に音はない。

それでも、ほかの者には聞こえなかったろう。一町も先で、小石がふたつ、石の上に落ちたような音だ。

十兵衛の耳は特別だった。銃の撃鉄が起きる音を聞き逃したことはない。はっ、と身をひるがえした。

木立の中から、二発の銃声がほとんど同時に轟いた。顔すれすれを熱い風が走った。肩に火花が散った。その衝撃で、十兵衛は大きくよろめいた。

一発は顔をかすめ、もう一発は左の肩を貫通していた。

十兵衛は気力をふりしぼった。左手の木立の中で、討伐兵が二名、銃に次の弾丸をこめている。この距離で撃たれたら終わりだ。

十兵衛は雪道に立っている軍刀をつかみ、唸り声を立てて驀進《ばくしん》した。

ふたりの顔に怯えが走った。最初、森林の西の端から賊を追い立てていたふたりだ。落ち着いて弾丸込めをすれば、二発目を撃つ時間はあったろう。だが、最初の一発で仕留めることができなかったのが、彼らの敗北だった。

ひとりは銃を捨てて逃げ出した。もうひとりは逃げそこね、腰を引きながら軍刀を抜いた。

十兵衛は右手一本でその軍刀をはね飛ばし、よろけた兵を上から斜めに斬り下げた。兵は左の肩から右の脇の下にかけて、上体をふたつに切断されて転がった。

逃げ出した兵は、少し先で馬の手綱をたぐっていた。うまく乗れない様子で、泣き声とも悲鳴ともつかない声を上げている。

軍刀を提げて近づいた。斬ろうとすると、兵が気づいた。恐怖にひきつった顔で走り出した。手綱を引かれ、馬も一緒に走り出した。

十兵衛はがくり、と雪の斜面に膝をついた。そばの立ち木にもう一頭、倒した兵の馬が繫いである。乗って追いかけようとしたのだが、急に体が動かなくなった。目がかすみ、ものも見えなくなってきた。

どこかで水が滴るような音がする。足許だ。水ではなくて、たぶん血だ。

銃で撃たれたことを思い出した。顔はかすっただけだが、左の肩は熱い椎実弾《しいのみだま》に撃ち抜かれた。せめてサラシを巻いて、血を止めなければ。

そう思いながら、意識が薄れていくのを覚えた。

死ぬのか。そうか。ここで死ぬか。

2

「その頃おれは一分隊を率いて、千歳の駅逓《えきてい》まで来ていた。あとでわかったが、先に行った連中がやつを捕捉した地点まで、一日半の距離だった。しかし、そこで雪になった。仕方なく宿に入って、やむのを待った」

「そろそろ日の暮れでしょう」

「雪さえやめば、松明《たいまつ》をつけて前進できる。実際おれはその気だった。しかし、それから三日三晩、雪は降り続けた。宿を出たのは四日目の朝だ。やっと現場に到着したときには、何もかも埋まって雪の中さ。血の一滴も見つからなかった」

「どうしてそこが現場だとわかったんです」

「ひとり逃げ出した兵が、途中の集落に逃げこんでいた。道案内に連れていったのさ」

「そうか。助かったんですね」

「吹雪にまかれて危うかったが、たまたま猟師が拾ってくれたそうだ」

「どこにでも運のいいやつがいるもんですね」

「運がよかったかどうか、おれは知らん。そいつはひどい凍傷で、札幌に運ばれて両脚を切断された。それから半月もしないうちに、花を食った。だから伊藤——」

夜空を切り裂くように稲光が走り、激しい雨が窓を叩いた。

大石一蔵は喋るのをやめ、窓を睨んだ。夕刻に降り出した雨は、夜に入って、ときならぬ嵐に変わっていた。

札幌から東へざっと六十里、鷲路《わしろ》村という宿場の戸長役場《こちようやくば》だ。旭川から東蝦夷の奥地へ向かって切り開かれた街道のどん詰まりにある。

建物は洋風の二階建てで、中央に四角い物見塔が突き出し、村を一望できる。鷲路でいちばん大きく、いちばんしゃれた建物で、警察署を兼ねる。

戸長の大石一蔵も、警察署長を兼務している。元薩摩藩の藩士で、歳は四十代半ば。背は六尺。目は大きく、鼻柱は太く、唇は厚い。男盛りの活力にあふれ、見るからに筋骨たくましい男だ。いつか十勝の山中で出くわした熊と六尺棒で渡り合った、という話もある。

「花を食った?」

「狂い死にしたってことさ。聞いたことないか、伊藤。人間、頭がおかしくなると、花を食う。くそ。まいったな。雪の方がまだましだ」

窓の外を覗きに行って、大石は悄然とつぶやいた。

この村で、大石は絶大な権力を誇っている。行政、司法、ときには立法までも一手に掌握し、何ひとつ思い通りにならないことはない。

だが、相手が雷となるとそうもいかない。

「だから伊藤、札幌で何を聞いたか知らんが、あいつは死んだ。とっくの昔だ」

大石は言いながら、執務机のところに戻ってきた。

伊藤巡査とちがって、大石はたいてい警察官の制服を着ていない。この日はハリスツイードのスーツで、シャツの襟のボタンをひとつ外し、トラウザーズの裾を黒革の長靴の中に突っこんでいた。

「でも、十兵衛の死体は出なかったんでしょう」

大石は椅子の背もたれに体をあずけ、長靴をはいた足を机の上に投げ出した。ギシッと椅子が鳴った。大石はどこか遠くを眺めている。

「吹雪の中で、鉄砲の弾丸を二発食らって、雪に埋まった。どうやったら生き延びることができる」

「そうですね」

伊藤巡査は頷いた。歳は三十半ば。毒にも薬にもならない男だが、この村にやってきて二年、ひとつ覚えたことがある。署長の大石には絶対に逆らうな、ということだ。

「あの噂は本当だったんですかね」

「噂？」

「ひと斬り十兵衛ですよ。あいつは鉄砲の弾丸よりも早くひとを斬るって」

「さあ、どうかな。昔の話だ。何年前だ？　五稜郭が落ちた年だから、十年か」

「十一年です」

「前世みたいな昔だな」

大石は笑った。あの頃は、何でもかんでも〝御一新〟。その言葉も、今では〝幕府〟と同じくらい古い。

明治九年に廃刀令が出て、以来四年、世の中はすっかり移り変わった。東京の木挽町には、電気光《エレキトリックライト》もついたという。真っ昼間より明るい、という評判だ。本当か。

「昔はいろんなやつがいたもんさ。ひと斬り十兵衛。なつかしい名前だ。みんな死んだ」

窓ガラスを叩く音がした。このひどい雨の中、窓の外に誰かいる。

伊藤巡査が立っていくと、ずぶ濡れになった長いひげが窓のガラスに貼りついた。村の酒場で雑用をやっているアイヌの爺さんだ。外に来てくれ、と手真似をした。アイヌの爺さんはいつも中には入ってこない。

伊藤が部屋の扉を開き、玄関先に出て行った。

「喜八の酒場で、騒ぎがあったようです」

すぐに戻ってきて、報告した。

「客が刃物を振り回して、女の顔をめった切りにしたと言ってます。矢場のなつめって女、知ってます？」

「女郎だろ。知るか」

「店じゅうえらい騒ぎだそうです。女どもは豚みたいに泣き叫ぶし、喜八は頭へ来て猟銃を持ち出すし、どさくさに紛れて食い逃げしようって客もいて」

「下手人は」

「ふたり連れの士族だそうです。食い詰めて、ここいらまで開拓に入ってきたやつらでしょう」

「この嵐の晩に刃物沙汰か。いなか者め」

大石は溜め息をついて立ち上がった。

「お前、新入りを三人連れて、先に行け」

伊藤を追い出し、鏡の前に行った。上着を開き、シャツのボタンをとめ、たっぷり時間を使って幅広のクレストタイを締めた。外の廊下では、伊藤が三人の新入り巡査を追い立てている。

「下手人どもはどうします」

扉が開いて、伊藤が顔を見せた。大石はセルロイドの櫛を取り出し、口ひげをいじった。

「おれが行くまで、縛ってそこらに転がしておけ」


喜八の酒場は秋山楼といい、二町ほど西にあった。

大石は頭から外套を被り、コウモリ傘をさして雨の中に出た。村のど真ん中を東西に横切る目抜き通りだ。旅籠《はたご》、食堂をはじめ、雑貨屋、獣皮屋、農具屋と主だった店が並んでいる。

だが、この嵐の晩、あたりは真っ暗に近い。

一歩足を踏み出すたびに、大石は顔をしかめた。道は広いが、馬車のわだちでひどくぬかるんでいる。

やっと酒場の前までやってきた。格子の塀をめぐらした二階屋で、入り口は通りから少しひっこんでいる。いつもは二階の軒裏に〝矢場〟の提灯《ちょうちん》があかあかと灯をともしているのだが、今はふたつ三つ、窓にともる色赤き燈火《ともしび》が見えるだけだ。

秋山楼という看板のさがった門を潜ると、稲光が走った。

大石は飛び石を踏んで、軒下に駆けこんだ。

「署長、ご苦労様だんず」

入り口の引き戸を開けると、ざわめきをついて大きな声が上がった。三人の新入り巡査だ。

秋山楼はこの村で二番目にしゃれていて、三番目に大きな建物だ。入ると、真ん前に二階へ上がる大階段があり、その横にいろりをいくつか切った広い板間がある。大階段と板間のまわりは土間だが、そこにもいす代わりの切り株を置いた縁台がいくつかある。

天井は二階まで吹き抜けで、中央に大行灯《あんどん》が下がり、二階部分にはぐるりと回廊が巡らせてある。

「まいったな。靴が泥だらけだ」

大石はコウモリ傘をすぼめ、外套を脱いだ。戸口で雨のしずくを払っていると、アイヌの爺さんがぼろきれを持ってきた。外套を預け、大階段の上がりかまちに腰をおろして靴の泥をぬぐった。札幌でオーダーメイドした自慢の長靴だ。光り輝く黒革製で、銀の鋲が二列に打ってある。

「下手人は」

「こいつらだんず」

三人の新入り巡査がまた声をそろえた。

広い板間の真ん中に、半裸の男がふたり、背中合わせにしゃがんで縛られていた。三人の新入りと伊藤巡査は、それを取り囲んで立っている。縞の着物に前掛けをつけた店主の喜八も、猟銃を向けてふたりの顔を睨みつけている。

客は七、八人いるか。みな土間におりて、野次馬根性丸出しといった顔で成行きを見守っている。

「これが凶器です」

伊藤巡査が板間の縁までやってきて、血のりのついた匕首《あいくち》を二本の指でぶら下げた。

「血ぃ拭けよ」

大石は嫌そうに言い、長靴をはいた足を突き出した。アイヌの爺さんが近づき、長靴をつかんで引っ張った。足に食いつき、なかなか脱げない。脱げるとふう、と息が出た。

「女は二階か」

伊藤に訊いて、大階段を上がった。

綿入れの袖なしに赤い腰巻という女がひとり、二階の上がり端で様子をうかがっていたが、さっと回廊へ引っこんだ。

二階は矢場だ。もちろん矢場というのは名目で、南向きに神棚と大天狗の面がふたつ、あとは女郎たちが客を取る部屋が回廊に沿ってずらりと並ぶ。

大石は回廊に出た。左手にひとつ、戸が開けっぱなしになった女郎部屋がある。今駆けていった赤い腰巻の女が、中に首をつっこんで何か言っている。背の低い、子供みたいな女だ。

大石は歩いて行って、押しのけた。

力を入れたつもりはなかったが、女は仰向けにひっくり返った。女郎のひとりでお菊という。足の裏が上を向き、赤い腰巻がふたつに割れた。手足は子供みたいだが、陰毛は濃くて真っ黒だった。まるで地平線の原生林だ。

「ええん」

お菊は小さな声でべそをかいた。地平線の原生林が、切なく悲しげに震えた。

大石は目もくれない。開けっ放しの部屋を覗き、おやおや、という顔をした。

二階の部屋はどこも同じだが、板敷きの床に、一枚だけ畳が入れてある。その上に布団を敷くと、あと、ほとんど隙間がない。そこに数人の女がひしめいていた。洋風の下着をつけたのもいるし、襦袢《じゅばん》や腰巻の女もいる。みな青ざめた顔で、布団に横たわった女を見つめている。

その女は、幅二寸に切ったサラシをギリギリ顔に巻かれていた。白いサラシには鮮血が滲み、そばに置いてある桶の湯も真っ赤だ。薄暗い中でも、なぜか血の色ははっきりわかる。

ひ、という声がして、ひとりの女が泣き出した。

「死んだか」

「やめて。縁起でもない」

枕許に付き添っている女がきっ、となって大石を睨んだ。ピンクの肌襦袢がはだけ、豊満な乳房がはみ出している。お梶といって、この店の女たちのあねさん株だ。ひとりだけ歳は食っているが、馴染みの客はいちばん多い、と喜八は言う。

「息をしていないぜ」

「してるわよ。あんまり痛いから気を失ってるの」

「助かるんだな」

「殺されてたまるもんか。あたしが何をしたって助けるよ」

大石の目を見ると、お梶はおもしろくも何ともないという顔で、肌襦袢の胸をかき合わせた。

「横にしないで、顔は立てた方がいいぜ。心臓より高くするんだ。その方が血がとまる」

「お待ち。あのふたり、どうするのさ」

回廊を戻りかけると、お梶が戸口に出てきた。下の連中が見ている。その目を意識して、大石は背筋を立てた。

「罪人には、公正なお裁きを受けさせるさ。おれは法の番人だ」

「その法は誰が決めるの」

「おれだ。おれがこの村の法律だ」

「あの娘は何にも悪くない。客のあそこを見て、ちょいと笑っただけなんだ。仕方ないだろ。毛むくじゃらの熊みたいな男に、爪楊枝が一本ついてたんだから」

大石は上を向き、口を開けて笑った。声は出ていなかった。まだ世になく、誰も見たことがないサイレント映画のように。

「打ち首にしておくれ。ふたりとも！」

「だがあの女郎——」

「なつめってんだ。覚えときな。みんな名前があるんだよ」

「死にゃあしないんだろ」

「死んだも同じじゃないか。女は顔が命なんだ。顔をあんなにされて、この先どうやって生きてけっていうのさ」

大石は何も答えず、回廊を引き返した。後ろから、お梶が部屋を出て追いかけてきた。大石は足音を立て、わざとゆっくり大階段をおりた。この女は気に食わない。気に食う女などめったにいないが。

「こいつら、士族なのか」

板間に入り、半裸で縛られているふたりの男の前に行って、伊藤に訊いた。

「いえ。元仙台藩の侍で、士族ではないようです」

「名前は」

「堀田佐之助と堀田卯之助。兄弟です」

兄の佐之助は三十五、六。乱髪で、日に焼けたいかつい顔をして、ひげが濃い。顎ひげは顔の輪郭に沿って上に伸び、完全にもみあげとつながっている。黄ばんだ肌着からは、真っ黒な釣り針みたいな胸毛も覗いている。お梶が毛むくじゃらの熊、と言ったのはこっちだろう。

弟の卯之助は二十八、九か。同じように日に焼けているが、いなか臭い顔立ちで、おとなしそうに見える。体つきも、兄に比べてひと回り小さい。

「仕事は何だ」

「ホロチカベの牧場で、牧童をやっているそうです」

ホロチカベというのは、鷲路村から北へ十里ほど入った山麓一帯を差す。昔はアイヌ集落《コタン》があったようだが、開拓民が入りこんで畑を開き、牧場を作った。

「こいつは誰のものだ。お前か」

伊藤が持ってきた匕首を、弟の卯之助の顔につきつけた。卯之助はびくついた目で、首を横に振った。よく見ると匕首で切った傷か、左の二の腕から血を流している。

「じゃあお前のものだな」

兄の佐之助に訊いた。

「女の顔をめった切りしたのもお前だな。弟がとめに入ろうとしたんだろう。はずみで弟の腕も切った。ちがうか」

佐之助は憮然とした顔でそっぽを向いた。

「お前たち、元は仙台藩の侍だってな。おれは薩摩だ。どっかで鉄炮を撃ちあったかも知れないな。戦場《いくさば》で、おれの顔を見かけたことはないか」

仙台藩は、戊辰戦争の頃、奥羽《おうう》越列藩《えつれっぱん》同盟の盟主となって、新政府軍に抗戦した。そのため敗戦後、明治政府に責任を問われ、表高六十二万石から実高二十八万石に減封された。困窮した藩は、在郷家臣に帰農を命じ、その他の家臣もおおぜい解雇して士族籍を与えなかった。

食うに困った家臣たちは、やむなく北海道に移住して、開拓民に混じった。

このふたりもその口だろう。

「誰か木刀を持ってこい」

三人の新米巡査はちら、と顔を見合わせた。ふたりは若い。二十そこそこ。体にも張りがある。が、ひとりトウが立ったやつがいる。犬に踏まれたような顔をして、体もしょぼい。

若いふたりに気圧《けお》されて、しょぼいそいつが動き出した。どうして巡査になったか知らないが、歩き方までしょぼい。おまけにのろい。

結局、そいつが店を出ていくより早く、アイヌの爺さんが木刀を持って土間に現われた。

「気が利くな」

大石は木刀を取りにいき、ビュンとひと振りした。

「尻でも叩いて済まそうってかい」

お梶は大階段の途中で足をとめ、手すりから乗り出している。

「不服そうだな、お梶」

大石は笑って余裕を見せた。まわりには新米の巡査もいるし、わずかだが客もいる。女郎になめられては、この先やっていけない。大石の〝お裁き〟は注目の的だ。

「喜八はどうだ」

店主の喜八は板間の隅に立ち、まだふたりに猟銃を向けている。顔だけこっちを見て、不服そうに首を振った。

「それじゃ罰が軽すぎる」

「こいつは結構きくんだがな」

大石はピシャリ、ピシャリと木刀で手のひらを叩いた。

「罪人にも訊こう。お前たち、札幌へ行って裁判を受けるか。そうなると、まあ、まちがいなく集治監送りだな。道路の開削か、鉄道の線路敷きか。どっちにしても重労働が待っている。短くて五年、長ければ十年食らうぞ。それがいいか。それとも今、ここで、こいつであっさりけりをつけるか」

　ふたりの前にやってきて、またビュン、と木刀を振った。

「骨の一本や二本は折れるかも知れんが、それで済む。後腐れなしだ。どっちを選ぶ」

　喜八とお梶が、同時に不満そうな声を上げた。

「お梶」

　と制し、喜八が猟銃を提げて寄ってきた。五十がらみの小柄な男だ。目が小さく、小鼻が横に広がって、鼻の穴が上を向いている。まともに向き合ったら笑うしかないような顔を、思い切り歪めた。

「署長、あの娘には元手がかかってる。秋田から連れてきたんだ。書付もある。これから稼いでもらおうってときに、あれじゃあ客が寄りつかねえ。このまんまじゃ大損だ」

　ふところから書付を取り出し、ひらひら振った。

「こいつらの腕が一本や二本折れたところで、うちには一文も入らない。この大損をどうしてくれる。女は大事な財産なんだ。それを傷物にされた。使い物にならねえ。走らない馬と同じさ。買うやつなんかいねえ」

「損害賠償を請求したい、ということか」

「そいつだ！　それが言いたかった。それが公平な裁きってもんだろ」

「見せろ」

大石は書付に手を伸ばした。それより三倍速く、書付は喜八のふところにひっこんだ。

「どうせ馬より安く買い叩いたんだろ」

「署長、公平な裁きをしてくれ。みんな見てる」

大石は少し考え、ふたりの罪人に向き直った。

「お前たち、牧童なら馬を持ってるな。持ち馬を喜八にくれてやれ。三頭ずつだ。合わせて六頭。冬が来る前に届けろ。いいな」

弟の卯之助はほっとしたような顔で頷いた。兄の佐之助は返事をしなかったが、弟に肘で小突かれ、しぶしぶ顎を引いた。

「約束を違えたら、これだぞ」

大石はもう一度木刀で風を切り、満足そうにそいつを新米の巡査に放り投げた。

「これで終わりだ。みんな帰れ」

「ちょいと待ちな。こんな裁きがあるもんか」

「お梶、もういい。戻ってなつめの手当てでもしろ」

喜八がとめた。しかしお梶は、ピンクの蹴出しを蹴って、大階段をおりてきた。腰巻が割れ、肉づきのいい太ももがあらわになった。が、その奥は見せない。ちらとも見えない。

そういえばこの女、昔は柳橋で芸者をやっていて、新政府の某閣僚も一時ぞっこんだったという。

「あたしら、馬や牛と一緒かい。それにだよ、死ぬほど痛い思いをしたのはなつめじゃないか。損害賠償というんなら、あの娘にしてもらいたいね」

「そう熱くなるな。もう十分に血は見たろ」

大石はお梶の腕を取り、抱くようにして囁いた。

「ここは蝦夷の地の果てだ。砂金掘りや、凶状持ち、食い詰めたやくざなんかがふらふら迷いこんできやがる。それに比べたら、あいつらはましさ。元はれっきとした侍なんだ。戦に敗けて士族になれなかった。それで開拓民と一緒になって、畑や牧場で真面目に働いている。普段はおとなしいもんさ。たまに村にやってきて女郎でも抱けば、それで御の字ってやつなんだ。これで終わりにしとけ」

「ごめんだね」

「元は侍だと言ったろ。ホロチカベの牧場には仲間もいる。元仙台藩は数が多い。侍にこれ以上恥をかかせると、面倒なことになるぞ」

「侍が威張りくさっていた時代は、とっくに終わったんじゃないのかい。あんた侍が怖いって？　それで警察たあ聞いて呆れる」

大石は顔色を変えた。お梶の腕をつかみ、ふたりの方へ引っ立てた。

「まだ血が見足りないか」

「放しとくれ。何しやがる」

「おい伊藤、さっきの匕首を持ってこい」

お梶の手に無理矢理匕首を持たせると、その手を佐之助に向かって突き出した。

「どこを切る。腹か。胸か。てっとり早く殺すなら首のこの辺だ。それとも、こいつの小さなあそこでも切りとってやるか」

佐之助は縛られたまま後ずさった。顔が完全に引きつっている。匕首の切っ先が、その体をなぞった。お梶は手を振り放そう、と身を揉んだ。が、大石の腕力に押さえこまれ、動けない。

「どこだ。どこでもいいぞ。切ってみろ」

「こんちくしょう」

やっとお梶の手から、匕首が滑り落ちた。お梶は力いっぱい大石を突き飛ばし、大階段の方へ駆けだした。

　大石はげらげら笑った。

「なあお梶、センチメンタルな夜だな」

　お梶は二階まで駆け上がって、振り向いた。

「なんだって」

「メリケン語だよ」

「どういう意味だ」

「女は口を開くんじゃない、股を開け。そういう意味さ」


「馬が六頭だって。すごくね？　なつめは白くて、めんこいもんねえ」

「ばかだね、お前。黙ってな」

「おら許さねえ、こんたらごど……」

「だからって、あたしら女郎に何ができるのさ」

「命が助かっただけでめっけもんだ。そう思わねばなんねえよ」

　女たちは二階の部屋で戸を閉ざし、布団に横たわったなつめのまわりにひしめきあって、ひそひそ言い交わした。お菊が回廊に出ていって、階下のいきさつを見てきたのだ。

なつめはさっき意識を取り戻した。警察署長が言ったように、首の後ろに布団をあてて、顔を立てた。それがよかったのか悪かったのか。ときおり低い呻き声を立てている。女たちはそのたびに、なつめの顔を覆った赤い白布に涙目を向けた。痛いだろうね。かわいそうに。

「うちらはただの慰みものさ。アレだけで済むと思うのがまちがいなのさ。ぶたれたって、蹴られたって――」

「いいや。こんたらごとは、あってはだばね」

「なつめは顔を切られたんだよ。めった切りだ」

「それにしたって、生かしてもらうだけでせいぜいなんだ。うちら、人間だなんて思われてねえもん」

「あたいの妹なんて、昔、馬一頭で売られていった。なつめは六頭だもん。すごくね？」

「だからお前は黙ってな」

「ちくしょう。やっぱり泣き寝入りか」

「女はセンチメンタルしてろってさ」

「どういう意味だい」

「異人語だあ」

戸が開いた。女たちが一斉に顔をあげ、あねさん、と声をあげた。

「なつめ、どう」

「さっき意識が戻った。呻いてるよ。痛そう」

「血は」

「出てる。少しおさまったような気もするけど」

　お梶は女たちをかきわけ、なつめの枕許に膝をついた。手を握り、赤い白布に顔を近づけた。

「仇はとるよ。安心しな。絶対にあいつら許さないから。あたしたちに任せときな」

　女たちは顔を見合わせた。

「あねさん、仇をとるって、どうやって？」

　お梶はいったん部屋を出て、四角い箱を抱えて戻ってきた。船だんすから抜いた隠し抽斗《ひきだし》だ。中には金が詰まっている。布団の上にぶちまけた。大昔の小判もあったし、二分銀、一分銀、穴開き銭、新政府の紙幣も混じっている。

「全部で二百五十円ばかりある。あたしの全財産だ。でも、足りない。あんたたち、あたしの一生の頼みだ、貯めてるお金を出しておくれでないか」

　お梶は女たちを見まわした。

「それともみんな、このまま死んだふりをして生きてくかい」

3

石狩川上流の原野にはいつになく長い、穏やかな秋が訪れていた。二、三度雨が降ったが、日が落ちてからも霙《みぞれ》に変わるようなことはなかった。

陰暦九月の半ばを過ぎると樹々が色づきはじめたが、それでも木洩れ陽はうっとりするほど暖かかった。まるですべてが枯れて凍てつく冬など永遠にやってこない、と言っているみたいに。

しかし、その男は冬支度をしてやってきた。鹿皮の帽子を被り、獣皮の袖なしにライフルを背負い、山を越え、谷を渡り、ひとりで馬を駆ってやってきた。

まだこの季節、原野を行くのは容易ではない。灌木は高く生い茂り、十メートル先も見通せない。下草は勝手気ままに繁茂して、馬はおろか、ひとの足でも踏みこめない。道などどこにもついていない。

だから男は、もっぱら川の流れに沿って馬を進めてきた。馬の脚で歩いて行けるのは、川原の砂浜ぐらいのものだ。

石狩は、元々アイヌ語のイ・シカリで、「それ・蛇行する」という意味だ。その名の通り、石狩川は北海道のど真ん中に横たわる広大な原野を蛇行していた。それもすさまじい蛇行だった。

だから男は、陽の傾きで方角を定め、気の遠くなるような遠回りをしてやってきた。途中の集落で場所を訊き、その道のりにうんざりし、また気を取り直しては馬に乗る。それを何度繰り返したか知れない。

ついに男は、捜し求めた原野に到達したのだった。

ときは暮れ方か日の朝明けか、その地はうらぶれてうち曇り、見渡す限りの荒野だった。風が音を立てて吹きすさび、ときおり乾いた砂塵を巻き上げた。山は紅葉していたが、その部分だけ絵でも切り取って貼りつけたように見える。

この荒涼とした地のどこかひと隅に家があり、ひとが住んでいるというのか？

そんなことはありそうもない。

男は急に後悔の念に駆られた。

ひと斬り十兵衛が生きている！

札幌でその噂を聞いたとき、なぜ頭から信じたのか。与太ではないか。たちの悪いいたずらではないか、となぜ疑わなかったのか。この大馬鹿野郎め、と罵った。

それでも馬を進めたのは、未練というより自棄だった。その晩は絶望を抱いて野営した。

それははじめ、朝焼けの中で、はるか遠いシルエットになった。

夜明け前に目覚め、毛布から這い出して干し飯をひとつかみ嚙んでいると、東の空がうっすらと明るくなってきた。真っ暗な闇が、空と大地にわかれ、その境い目にほのかな朱が射してきた。

男は何とはなしに胸騒ぎを覚えた。朝焼けがこの世に生まれる瞬間を見たのははじめてだった。

空は深いダークブルーで、大地は真っ黒だった。その境い目に、まるでこの世でいちばん小さな奇蹟のように、朝焼けは誕生した。そして一本の大木と一軒のみすぼらしい家が、赤く染まった地平線に、黒いシルエットになって浮かび上がった。

大木と家の間には、百メートルほどの距離があった。大木がまるで見えない糸で、その家を繫ぎとめているみたいだった。

荘厳で、何かしら息を吞む光景だった。

ふと気づくと、大木のそばで黒い影が動いている。その影は、農夫の姿をしていた。一心に何かやっている。鍬を振り上げ、穴を掘っているように見える。

男は目をこすって、見直した。

やはり幻覚だった。農夫の姿はもう見えない。

だが、一本の大木と一軒のみすぼらしい家は、くっきりした輪郭のままそこにあった。男は朝焼けが終わるまで、遠い地平線のシルエットを見つめ続けた。

それからおよそ一刻半――

その大木とみすぼらしい家が色をつけ、立体になり、現実の存在となって行く手に出現した。鹿皮の帽子を被った男は、少し手前で馬をとめた。

家はおんぼろだった。遠いシルエットで見当はついたが、近づくとそれ以上におんぼろで、みすぼらしかった。草ぶきの丸太小屋だが、風雨にさらされて至るところ朽ちている。

男の子がひとり外に出て、鍬で地面を引っかいていた。七つくらいか。顔も手足も砂埃で汚れ、服にはつぎがあたっている。

新しい畑を作るつもりか。懸命に鍬を振り上げ、ふるっている。

だが、土はろくに起きていない。石がゴロゴロ出てくるだけだ。もともと畑になるような土地ではないのだろう。

家のまわりの畑を見れば一目瞭然だった。いろんなものが植えてあるが、満足に育っている作物はひとつもない。土壌そのものが痩せている。

男の子が来訪者に気づき、不審そうに手をとめた。

鹿皮の帽子を被った男は笑いかけた。不器用な男で、笑ったようには見えなかったのだろう。男の子は逆に警戒し、家の中に知らせに行こうかどうしようか、迷っている。

来訪者は軽く手をあげ、家の反対側に回った。

女の子が鶏を追いかけて遊んでいる。妹だろう。四つか五つか。男の子と同じように手足に砂埃をかぶり、同じような服を着ている。女の子だとわかったのは、長い髪に黄色いリボンをつけていたからだ。

元々は洋菓子の箱にでもついていたのを拾ったのか。このみすぼらしい家で唯一、女の子のリボンは来訪者の目を慰めた。

それもしかしいっときだった。

その農夫は、色褪せた野良着を着て、馬囲いの中で作業をしていた。葦毛と栗毛と二頭いる馬がボタボタ落とす糞を、熊手でせっせと桶に汲んでいた。

だが、二頭の馬が糞を落とす方が早い。量も多い。汲みあげるのが間に合わない。農夫の足許は馬糞だらけだ。

女の子に追いかけられた鶏が、けたたましい鳴き声をあげて馬囲いの中に飛びこんできた。葦毛の馬が驚き、かがんでいた農夫の尻にぶつかった。農夫は前のめりになって、顔から馬糞の中に倒れこんだ。

女の子が馬囲いに駆けこみ、くさいくさい、と笑った。

農夫は憮然として、馬糞にまみれた顔をあげた。髪には白いものが目立ち、もう薄い。頭皮にへばりつくように生えている。そのせいで額が広い。

その顔を、来訪者は馬上からじっと見た。

「たまげたな。本当に生きてやがった」

農夫は驚いた顔をした。馬の世話に気を奪われ、それまで来訪者に気づかなかったのだ。

「十兵衛、久しぶりだな」

農夫は顔の馬糞を手でぬぐい、誰が来たのか、と見返した。

「元幕府軍伝習歩兵隊、官軍の連中がその名を聞いて震えあがったひと斬り十兵衛。あんただろ」

「ひと違いだ」

「五稜郭を出たあとも派手に殺ったらしいな。鷲の木で三人、千歳で四人。いったい何人斬った？　夕張か千歳じゃあ、討伐の一分隊を皆殺しにしたっていうじゃないか」

「待ってくれ」

農夫は子供の目を気にした。女の子はもちろん男の子もやってきて、馬囲いの外で何事かと見つめている。農夫は鶏を捕まえ、男の子に手渡した。

「雪乃をあっちで遊ばせなさい」

ふたりの子供が行ってしまうまで、来訪者は黙って待った。

「戦友の顔も忘れたか。十兵衛、おれだ。馬場だ」

逆光でまぶしいのか、農夫は目を細めて見返してきた。

来訪者は鹿皮の帽子を取った。白髪混じりの短い髪、ほとんど白い不精ひげ。どこかとぼけた感じのする顔立ちで、ひとが良さそうに見える。たとえば孫が菓子でももらって大喜びしそうな好々爺《こうこうや》に。年恰好もちょうどそんなものだ。

だが、油断はできない。なめるなよ、と目が言っている。

「馬場……金吾か」

やがて農夫の口から、かすれた声が洩れた。

「札幌に出たとき聞いたんだ。暑寒別岳の南のふもと、アイヌの集落《コタン》もないような原野に、和人がひとり、アイヌの女を娶って住んでいる。たまたま見かけた者は、驚いて腰を抜かしそうになった。そいつは昔〝ひと斬り〟と呼ばれた幕府伝習隊の歩兵だった、と」

「済まんが、客に出すものがないんだ。酒も茶もない」

「構わんよ。済まんが、おれも土産は持っていない」

「坐ってくれ」

家の中は、外見よりもっとみすぼらしかった。半分は土間、半分は板間で、その真ん中に囲炉裏が切ってある。丸太をふたつに割ったテーブルがひとつ。草を編んだ円座がふたつ三つ。猟に使うためか、壁に昔のライフルがかけてある。あとは釣り具や猟のしかけがふたつ三つ。

「変われば変わるもんだな。あの〝ひと斬り〟とは別人だ」

「今はただの百姓さ」

「二股口で新政府軍を待ち伏せしたときのことを覚えてるか。敵の数は千五百、こっちはせいぜい百八十。おまけに敵は七連発のスペンサー銃まで持っていやがった。こっちは相変わらずの単発だろ。あのときは本当にまいったよな」

新政府軍は数において、また装備において、圧倒的に勝った。誰が見ても、勝ち目のない戦いだった。

もちろん勝ち目などはなっからない。「唾棄すべき卑劣漢」と誰かが評したあの将軍が、鳥羽・伏見からひとりで江戸へ逃げ帰ったときに、勝負はついた。それから幕府の心ある侍が、いったい何人、空しく血を流したことか。すべてあの腰抜けの将軍のせいだ。

しかし、旧幕府軍は、この期に及んでも勇敢だった。山の斜面に胸壁を築き、一歩も退かずに防戦した。ほとんどの者は古い先込め式のミニエー銃を装備していたため、熱くなった銃身を水桶に突っこみ、水で冷やしながら撃ち続けた。熾烈な銃撃戦は一昼夜におよび、旧幕府軍が放った弾丸は三万五千発。

いよいよ弾丸が尽きた未明、少数の伝習歩兵隊が、刀を抜いて敵の陣地に斬りこんだ。ひと斬り十兵衛の名が、ひとびとの胸に刻印されたのはこのときだった。ほんの一刻の間に、十兵衛が斬った敵兵の数は二十人とも三十人ともいう。十兵衛は全身に返り血を浴び、その姿はさながら燃える火だるまだった。

「不運なおれのたったひとつの幸運は、あんたを敵に回さなかったことだと思っていた。それでも、あのときは恐ろしかった。こいつは味方だと思っても、体が震えてとまらなかった。人間が、これだけ熱く冷たく、人間を殺せるもんかってなあ」

馬場金吾は気の抜けた声で笑った。この男、だいたい喋り方そのものが気が抜けている。顔つきと同じように。

「何だ、それは？　だからよ、つまり熱いやつはいる。冷たいやつもいる。しかし、あんたはどっちでもないってことさ。キンキンに冷えた氷がメラメラ炎をあげて燃えているというか、その逆というか」

「昔話をするために、はるばるここを捜し当てたのか」

「これから鷲路へ行って、開拓民をふたり殺す」

これから畑へ行って種をまく、と聞こえた。本気だな、と十兵衛は思った。こいつはそういう言い方をするやつだった。

「一緒に来てくれ」

「ふたりを殺す理由は？」

「おれたちに、ひとを殺す理由が必要だっけか」

幕府伝習隊の歩兵は、もともと幕臣ではなかった。侍ですらなかった。

幕末の頃、幕府は軍事力の衰えに危機を感じ、陸軍を編制する必要に迫られた。だが、本来その責務を負うべき幕臣は、長い太平のうちに武力を失っていた。やむなく幕府は、即戦力となる筋骨たくましい男たちを駆り集めて軍を作った。当然、まっとうな者はいない。集まったのはやくざ、博徒打ち、凶状持ち、人足くずれ……といった無頼の徒ばかり。金吾も十兵衛も、そのひとりだ。

金吾は秩父の山でイノシシを撃っていた元猟師で、鉄炮の腕を生かしてやくざの用心棒をやっていた。十兵衛は浅草のごろつきで、殺しと強盗で手配され、捕まれば磔《はりつけ》獄門という身の上だった。

政治的な信条はない。倫理にも道徳にも欠ける。

金吾が言ったように、何をするにしても理由など必要のない男たちだ。

だが、十兵衛の顔を見て、金吾は笑うのをやめた。

「冗談だ。やつら、女を切り刻んだ。まあ女といっても、女郎だがな」

金吾は十五分、話をした。はじめの一分で理解した以上のことはわからなかった。

旭川から東蝦夷の奥地へ向かって切り開かれた街道を行くと、そのどん詰まりに鷲路村という宿場がある。そこでふたりの開拓民が、匕首で、酒場女郎の顔を切り刻んだ。そのふたりの首に賞金がかかった。まあ、そんなことだ。

「そいつら、なぜ女の顔を切った」

「よくわからん」

「女はどうなった」

「目をくり抜かれ、鼻を削がれ、耳も切り落とされた。終いには舌も引き抜かれたって話だ。生きていると思うか」

「ひどいな」

十兵衛は顔をしかめた。

「狂ってるのさ。ふたりとも完全に気が狂ってる。だから賞金も高い。いくらだと思う。なんと千円だ」

「開拓使が出すのか」

「まさか。どんな時代になっても、お上ってやつは昔から変わらん。弱い者のことは見て見ぬふりだ」

「誰が出す」

「女さ。切り刻まれた女の女郎仲間が何人か、貯めた金を出しあって千円作ったそうだ。そんな大金をどうやって貯めたんだろうなあ」

金吾は草で編んだ円座にあぐらをかいていたが、何か思い出しているような顔つきで、股のあたりを指でさすった。

「賞金はきっちり折半でどうだ」

十兵衛は窓から外を見ていた。上の男の子が、石投げをして妹を遊ばせている。妹は大雪の日に生まれ、雪乃になった。上の子は寛治という。どうしてそんな名前をつけたのだろう。

「頼む、十兵衛。おれと一緒に来て、そいつらを殺ってくれ。あんたにとっちゃ、とち狂った開拓民のふたりやそこら、目ぇつむったって始末できるだろう」

やがて十兵衛は顔を戻した。

「だめだ」

「賞金の折半が気に入らんか。折半しても五百円だぞ。こんな貧乏暮しとはおさらばできる」

「刀は捨てた」

「なんだと」

「女房と約束したんだ。二度とひと殺しはしない」

金吾は溜め息をついた。

「ここで暮らしていけるのか。外にいるの、あんたの子だろ。ここで育てていけるのか。恵庭からここまで来る途中、何度もひとに道を訊いた。そのたびにみんな言ったよ。あそこはひどい。岩だらけの痩せた土地で、粟もひえも育たない。アイヌだって逃げ出した土地だ。あんなところに和人が住めるもんか。その通りだった。来てわかった。ここはひとが住める土地じゃない。なあ十兵衛、なんだってこんなところで暮らしてる」

十兵衛はうなだれたまま動かない。えらく痩せて、老けこんだよな、と金吾は思った。確かおれより五つか六つ下のはずだが、これじゃあまるで百歳の爺いだ。

「あんたとおれと、ふたりで行けば簡単な仕事じゃないか。ちょいと出かけていって、帰ってくるだけさ。ひと月もかからん。二十日もあれば戻ってこられる。それで五百円だぞ」

なんとか言えよ。おれは夢でも見てるのか。あの〝ひと斬り〟はどこへ行った。

「五百円あれば、もっとましな土地を買って、牧場ができる。農園もできる。奥さんも喜ぶぞ。きれいな服を買って、着せてやれ。子供にもうまいものを食わせてやれ。それが一家の主ってもんだろう」

十兵衛は顔をあげた。

「だめだ。ひと殺しはできん」

「奥さんと話そう。きっとわかってくれる。奥さんはアイヌだって？」

「ウララピリカ」

「そういう名前か。きれいな名前だ。きっときれいなひとだろう。奥さんと話せるか。会わせてくれ。奥さん、どこだ」

「近くにいる」

「何してる。畑仕事でもしているのか」

「そんなのだ」

「会って話してこよう」

金吾は立ち上がり、窓から外を見まわした。

「どこにいる」

「すぐそばだ」

「だからどこだ」

十兵衛はしばらく動かなかった。それから自分の左胸を指差した。

金吾は坐りこんだ。今度の溜め息は本物だった。そして前よりずっと長かった。

「済まなかった」

「いいさ」

「いつ亡くなった」

「二年前。じき三年になる」

金吾はふいに土間におり、戸口から外に目をやった。百メートルほど先に、大木がぽつんと一本立っている。なぜそんなことを思いついたかわからない。だいたいの見当をつけて、目を凝らした。

大木の根元のそばに、棒が一本立っている。長さは六尺くらいか。ただの棒だ。ほかには何もない。いや、棒に黒い布のようなものがついている。遠すぎてよくわからないが。その棒は、なんとなくこの家を見ているように思える。

朝焼けの中で見たシルエットが、目に浮かんだ。大木のそばで動いていた黒い影が。その影は、農夫の姿をしていた。一心に何かやっていた。鍬を振り上げ、穴を掘っているように見えた。

棒が立っているのは、ちょうどそのあたりだ。

「遠くから済まなかったな」十兵衛の声がした。

「済まん。帰ってくれ」

4

午後、十兵衛は子供たちを連れて、家のまわりの畑に出た。

そろそろ収穫の時期だった。今年は子供たちが楽しみにしていた。春先に石狩の交易所まで行って、馬鈴薯の種イモを六十個、熊の毛皮と交換した。

寒冷地でも育つ。芽掻きと土寄せをするぐらいで、ほかに手はかからない。ひとつの種イモから、うまくすればこぶし大の馬鈴薯が五つか六つは取れる。

そう聞いて、前から頼んであったのが、やっと手に入ったのだ。

種イモはふたつに切って植えたから、百二十個。ひとつに五個つけば、こぶし大のやつが六百個。それだけあれば三人家族でひと冬越せる。

植えつけてしばらくは何の変化もなかった。が、三週間ほどすると、緑の芽が出た。そして少しずつ伸びた。教わった通り、途中で芽掻きもしたし、土寄せもした。苗は十分育った。

ただひとつ、花が咲いていないのが気がかりだった。黄色い花芯に薄紫の花びらをつけた小さな花が咲く、と聞いたのだが。

まだ収穫には早いのか。

いや、葉っぱはすでに黄色く枯れはじめている。掘る時期だ。

十兵衛は苗のまわりに鍬を入れた。地中のイモを傷つけないように、少し遠くから慎重に掘り起こした。

次の苗も掘った。次の苗、次の苗と立て続けに掘った。

はじめ嬉しそうに騒いでいた子供たちが、黙った。

十兵衛は鍬を捨て、掘り起こした土を手で探った。こぶし大のイモは出てこなかった。ひとつもできていなかった。苗の根元には腐ったような種イモと、親指くらいのイモが二、三個ついているだけだった。

別の苗を掘ったが、同じだった。どこまで掘っても、満足なイモはひとつも出てこなかった。

子供たちはもう畑を離れ、石けりをして遊んでいる。

十兵衛は粟とひえの畑を見に行った。今年もまた同じだった。苗は痩せ細り、ろくな実はついていない。

「ここで暮らしていけるのか。ここで育てていけるのか」

寛治と雪乃は、なにごともなかったようにはしゃぎ、石けりをしていた。もう畑の方は見ない。父親の顔は見ようとしない。

十兵衛は子供たちを見つめ、額から滴る汗をぬぐった。

「なあ十兵衛、なんだってこんなところで暮らしてる」


好んでここで暮らしているわけではない。

はじめはちがった。ウララピリカと夫婦になって、ふたりで住んだのは沙流《さる》川の中流にあるニプタイだった。勇払から海岸線を襟裳岬へ向かっておよそ十里、沙流川が太平洋に落ちる河口がある。そこから内陸へ五里ほど入るとニプタイだ。北海道ではいちばん雪が少なく、温暖なところだった。

山では鹿や野ウサギが獲れた。

秋になると、鮭の群れが沙流川を上ってきた。川の水が盛り上がるほどの群れだった。

水面の鮭をいうならば　天日で背中が焦げるほど
川底の鮭をいうならば　石で腹がすりむける

と、アイヌのユーカラは謡う。

アイヌには文字がない。だからいつ頃からか、正確にはわからない。とにかく昔、それも大昔から、アイヌはこの恵まれた沙流川の流域に住みつき、川沿いにアイヌ集落《コタン》が点々と作られていた。

ウララピリカはそのひとつ、ニプタイの村長の娘だった。

ウララピリカが連れ帰った十兵衛を、村人ははじめ警戒した。アイヌにとって、和人は昔から略奪者以外の何者でもない。

「和人は来て、威張って、アイヌが獲ったものを奪っていく」

村の大長老がいつか言った。その通りの光景を、この十一年、十兵衛も何度目にしたことか。先に知っていれば、いくらウララピリカに誘われても、アイヌ集落に足を踏みいれることはなかったろう。石をもって打ち払われて当然だ。

だが村人は、追い出しはしなかった。アイヌ式に萱葺き、萱壁の家を建て、ウララピリカと住みはじめると、次第に打ち解け、口もきいてくれるようになった。

十兵衛もアイヌの言葉を覚え、少しずつ村の暮らしに馴染んでいった。鹿を撃ち、畑を耕し、村人と一緒に山に入ってエゾヒノキを切り出した。

まるでコロロホルムの酔夢のように、数年が過ぎた。あれほど甘く、穏やかな暮らしは、かつて一日としてなかった。

寛治が生まれ、雪乃が生まれた。こんな喜びがこの世にあってよいのか、と恐れた。そのくせ一瞬、この天の恵みのような平穏がずっと続くような気がした。

しかし、和人はほどなくやってきた。そして沙流川流域のアイヌを追い立てた。自然の恵みの多いこの土地を接収し、アイヌを石狩や十勝の原野に強制移住させようとしたのだ。

アイヌは異議申し立てをした。

北海道、千島、南樺太は、アイヌ語でアイヌモシリという。アイヌの国土、という意味だ。少なくとも和人よりはるかに遠い昔から、彼らはこの地に住んでいた。到底、承諾できる話ではない。

和人が追い立てに来るたびに、彼らは懸命に折衝した。

その間、ウララピリカは十兵衛を山に隠した。討伐隊の残党狩りはもう行われていなかったが、しかし旧幕府軍の脱走兵だと知れると、その場で首をはねられる。

だから十兵衛は、和人の〝威張り散らした略奪〟を、隠れて見ていた。飛び出して、和人をぶった斬ろうとしたのは二度や三度ではない。

だが、すでに刀は捨てていた。ウララピリカと夫婦になるときの約束だった。ここで和人をぶった斬ると、その報復で、アイヌ集落のアイヌが皆殺しにされる恐れもあった。

だから見ているしかなかった。歯嚙みして、見ていた。

この世にはときどき空しい折衝がある。アイヌが和人とやったのはその典型的な例だろう。和人は武力で強要するだけで、いっさい聞く耳を持たなかった。

アイヌは抵抗できず、結局、移住に応じた。大昔から住んでいた故郷を追われ、ひとのいない不毛の原野に散った。

この時期、北海道の至るところで似たようなことがあったという。

十兵衛もまた幼子をふたり連れ、妻とともにニプタイを後にした。移住先に指定された土地は石狩川の支流の果て、暑寒別岳のふもとに広がる荒涼たる原野だった。花咲くアーモンドの枝もなく、やわらかに青む草もない。聞きしに勝る不毛の地だった。

二頭の馬で、必死になって開墾した。獣を撃ち、魚を釣り、朝から晩まで食うために汗水垂らした。おそらくその疲れが原因だったろう。三年と経たないうちに、ウラピリカが病に倒れ、あっけなく死んだ。

ある朝、急に起きられないと言い、夕べにはもう息をしていなかった。

死んだことはわかったが、それが何なのか、理解できなかった。すぐ目を覚まして起きてくる。そんな気がしてずっと彼女の顔を眺めていた。

七日目か八日目の夜明け、大木のそばに穴を掘って、彼女を埋めた。子供たちと山に入ってチクペニの木を捜し、アイヌ式に、墓標を一本立てた。

それから家に戻り、子供たちを抱いて、家に火をつけようとした。

アイヌは、一家の主である女が死ぬと、その家を焼く。あの世で彼女に家を持たせるためだ。もし子供たちがいなければ、あのとき十兵衛は家とともに灰になっていただろう……。

暗がりの中で、十兵衛はむくり、と身を起こした。寛治と雪乃の寝息が聞こえる。もう何刻だろう。五稜郭で西洋の懐中時計を見たことがある。午前二時から三時あたりか。

そろそろ萱で目貼りをしないと、隙間風がひどい。夜になると冷える。そう思いながら、ふたりの寝息を聞いていた。

この男の子にどうして寛治という名前をつけたのか。昼間ふっと思ったが、いまだに思い出せない。女の子にしても、雪の日に生まれたから雪乃、こんな安直はない。北海道でそんなことを言ったら、女の子はみんな雪乃になってしまう。こんないい加減な父親がほかにいるか？

元々おれは親になる資格などなかったのではないか。

幼い子供が腹を空かせても、ろくに食わせてやれない。寒さに震えても、満足に着せてもやれない。妻もあっけなく死なせてしまったこの不毛の地で、おれはいったい何をしている？

「五百円あれば、もっとましな土地を買って、牧場ができる。農園もできる」

十兵衛は獣皮の袖なしをはおって、外に出た。

月の明るい夜だった。空はミッドナイトブルーに澄み渡り、月光が溶けたチーズのように流れてくる。秋になると、毎年三日か四日はこんな夜がある。

納屋へ行き、木箱を外に持ち出した。

ウララピリカの遺品はない。ひとが死ぬと、アイヌはそのひとが日々使っていた道具や服をすべて焼く。あの世へ行って不自由しないように。魂とともに送るのだ。だから墓標を立てたあの日、ウラランピリカのものはみな焼いた。

残ったものはひとつ――母のカトワンテから娘のウラランピリカへ、ウラランピリカから娘の雪乃へと受け継がれた家宝のタマサイだ。真紅、深緑、透明蜜柑色と色とりどりのとんぼ玉を連ねた首飾りで、アイヌの女は祭りや儀式に身につける。ウラランピリカは一度だけ、ニプタイで十兵衛と祝言をあげた日に首にかけた。

木箱から取り出し、手のひらに載せた。

やめるなら今だ。

そう思い、恐ろしく長い二秒、十兵衛は心の中で葛藤した。誰かが勝ち、誰かが負けた。はじめから勝ち負けは決まっていたのかも知れない。

もう一度木箱に手を入れ、大刀と革の半長靴を取りだした。五稜郭を出るとき身に着け、ウラランピリカに出会って捨てたものだ。

半長靴は泥にまみれ、かちかちに固まっていた。

大刀は抜けなかった。両手を使い、足を使い、さんざん格闘してやっと抜いた。刀身はボロボロだった。血のりが点々と固まり、赤錆びが浮いている。

「言っとくが十兵衛、ひとはそう簡単には変わらんぞ。あんたが捨てたつもりでも、過去はあんたを忘れない」

金吾は去りぎわにそう言った。そうかも知れない。だが、そうでないかも知れない。

夜明けを待って花を摘み、妻の墓標の前に行った。

文字を持たないアイヌには、墓碑銘はない。チクペニの木を一本立てて、墓標とする。男の場合は槍をかたどり、女の場合は縫い針をかたどる。

だからチクペニの木の上端に穴を開け、大地に立てた。

トッタナイのアイヌ集落からやってきた大長老が、その穴に黒くて細い布を縫い糸のように通し、その下にウトキアッという黒い紐を巻いた。先祖が、死者を出迎えに来るときの目印だそうだ。

あれから三年近く経って、黒い布も紐もよれよれになって棒に巻きついている。

十兵衛は摘んできた花を墓標に供えた。二、三本の茎から細い枝が何本もこまかく分かれ、その枝先に白い小さな花が無数について、霞がかかったように見える。

そのまま立とうとしたようだ。気づくと明るくなっていて、まわりで子供たちの声がした。

「この花はなんだ」

「霞草」寛治が言った。

「母さんの花」雪乃が言った。

「父さんがいない間、ときどきここへ来て、母さんにこの花を供えなさい。お前たちを守ってくれる」

アイヌは、子供が生まれてもすぐには名前をつけない。七、八歳になって、その子の容貌や気質、性格がある程度わかってから、それにふさわしい名前をつける。

アイヌの名前には、だからみなその者に似合った意味がある。ウタリアンは〝仲間が多い〟、エララグルは〝いたずら好き〟というように。

ウララピリカは、はじめ自分の名前の意味を教えてくれなかった。だから十兵衛は村の隣人にこっそり訊いた。ウララは〝霞〟、ピリカは〝美しい娘〟だった。

十兵衛は、木箱から出した大刀と半長靴を提げて立ち上がった。

「トッタナイへ行く。支度をしなさい」

トッタナイのアイヌ集落は山すそを西の方へ数里行った山間にあり、ウララピリカの父母が住んでいる。子供たちは顔を見合わせた。動こうとはしない。

十兵衛はひとりで家に戻った。身支度をするのに五分かかった。長半纏《ながばんてん》に細袴、帯、脚絆《きゃはん》。昔使った背嚢に必要なものを入れ、腰に大刀。革の半長靴をはき、萱の編笠を手に外に出た。

子供たちは家の前に突っ立っていた。

十兵衛は思わず目を見張った。寛治の背はやっと腰に届くくらい。雪乃は膝の上くらいしかない。いつも前かがみで野良仕事をしていて、ぜんぜん気づかなかった。ふたりとも、まだこんなに小さかったのだ。

子供たちは神社の狛犬のように向き合い、十兵衛を見上げた。雪乃が阿《あ》形で、寛治が吽《うん》形だ。

「二十日で戻る」

ちょいと出かけていって、帰ってくるだけさ。簡単なことだ。

「今年の冬は、うまいものが腹いっぱい食えるぞ」

子供たちは何も言わない。

「父さんがいない間、お前たちはトッタナイの村に行ってなさい」

子供たちは顔を見合わせた。

「行きたくない」

「ここにいる」

「熊が来るぞ。腹も減る。どうする」

「熊は逃げる」

「おなかすかない」

ウララピリカとおれと、いったいどっちに似たのだろう、と十兵衛は思った。ふたりとも頑固で、いくら言っても折れない。

「わかった。ふたりでここにいなさい。食べるものは自分たちで用意できるな。まだ米が少し残っている。ひえと混ぜておかゆにしなさい。鹿の干し肉と干し魚も少しある。雪乃、肉はゆっくり嚙むんだぞ。寛治、火を使うときは気をつけてな。困ったことがあったら、いつでもトッタナイの村へ行け。道はわかるな」

編笠を被り、馬囲いの中から葦毛の馬を引き出した。

「寛治、妹のことを頼んだぞ。雪乃、お兄ちゃんの言うことをよく聞きなさい。喧嘩するんじゃないぞ」

十兵衛は手綱を取って、馬に乗ろうとした。葦毛の馬はいやがって、左回りにぐるぐる回りだした。なんとか鐙に足を乗せた。そこで振り払われて、転倒した。腰を打ち、顔をしかめた。

子供たちは笑いもしない。ふたりともまた神社の狛犬みたいになって、十兵衛を見ている。相変わらず雪乃が阿形で、寛治が吽形だ。

十兵衛は起き上がり、また手綱を取った。

「その馬、ひとを乗せたことないよ」寛治が言った。

「そんなことはないだろう」

「のせたことない」雪乃が言った。

「だったらはじめて乗せることになるな」

十兵衛は手綱を引き寄せた。馬はぐるぐる回りだした。

「この馬は仕返しをしてるんだ。父さんが昔、さんざん馬をいじめたからね。父さんに罰を与えてるのさ」

「何をしたの」

「鞭で打った。死ぬまで走らせた。もっとひどいこともした」

「いつ」

「まだ若い頃、母さんと会う前だ」

ふたりは信じられない、というように顔を見合わせた。

「父さんが馬を鞭で打ったの、見たことがないよ」

「やめたからな」

「どうして」

「母さんがとめた」

くそ。乗れそうもない。

「行ってくる」

十兵衛は諦め、葦毛の馬を引いて歩き出した。馬囲いにはもう一頭、栗毛の馬がいるが、あれは人間で言ったら九十歳に近い老いぼれだ。長い旅は無理だろう。

「石狩の海岸沿いに南下して、札幌に出る。気が変わったら、来てくれ」

昨日立ち去るときに、金吾は言った。気が変わるにちがいない、と見越しているような言い方だった。ひとりでとっとと行ってしまうことはあるまい。

トッタナイの集落へ立ち寄ったあと、少し馬を急がせれば、二、三日で金吾に追いつけるだろう。この葦毛の馬が、ひとを乗せて走ってくれれば、の話だが。

5

トッタナイの集落は、馬で行けば半日で着く。

しかし、葦毛の馬がなかなか乗せてくれなかった。脅してもすかしても駄目だった。一里も歩いた頃、試しに布きれで馬に目隠しをした。成算はなかったが、馬の動きが一瞬とまった。その隙に背中に飛び乗った。ひどい目にあったのはそこからだった。

馬は思い切り暴れた。嘶いて、棹立ちしたり、後ろ脚で空気を蹴って振り落とそうとした。十兵衛も死ぬ気で首にしがみついた。もう少し良い馬だったら負けただろう。

この葦毛も、幸い、老いぼれの駄馬だった。

馬上で干し肉を少しかじり、集落へ通じる道を見つけたときには昼をだいぶまわっていた。道の入り口はわかりにくい。石狩川の支流の果ての果てというような沢から、柏林の中へ入る細い踏み分け道だが、入り口から覗くと、道は鬱蒼とした森の奥へこつ然と消えている。アイヌの目印を知っていないと、まずそんなところには踏みこめない。

葦毛の馬もいやがった。何度腹を蹴ったかわからない。

柏は落葉高木だが、秋になっても落葉しない。枯れ葉をつけたまま冬を越す。まるでおばけの群れのように、枯れ葉は枝から垂れ下がって行く手をふさぐ。馬上でかき分けかき分け進んでいくと、やがてアイヌ特有の音が聞こえてきた。

集落の戸口にある家《チセ》の前で、若い娘がムックリを奏でていた。竹の薄い板に、二本の紐をつけたアイヌの楽器だ。竹を口にあて、紐をまわすようにして音を出す。ビヨヨン、ビヨヨンと聞こえる。口の形を変えると、ボヨヨン、ブヨヨンと音が変化する。風の音、雨の音、小熊の鳴き声を表すそうだ。

十兵衛は馬をおり、手綱を引いて集落に入った。ニプタイにいた頃、ウララピリカもいつかムックリを聞かせてくれた。あの頃は平和だった。ムックリの音色は平和そのものだった。

「やめろ」

怒鳴り声がして、若い男が家の中から出てきた。

「寝られねえ。辛気臭い音を立てるな」

娘はムックリを奏でるのをやめた。娘というより、まだ子供だ。十三、四か。アイヌの女は年頃になると口のまわりに青い入れ墨を入れるが、それもない。

娘は口をとがらせ、何か言い返そうとした。そこで十兵衛に気づき、はにかみながら会釈した。

若い男がこっちを見た。二十過ぎか。長い髪で、整った顔立ちだが、目が鋭い。近づくと刺されそうな棘《とげ》がある。鹿皮の袖なしを着ていたが、その下は驚いたことに西洋風の青いシャツだ。

誰だろう。この集落の者とはたいてい顔見知りだが。

十兵衛は娘に会釈を返し、馬を引いて通り過ぎた。

「誰だ、あいつ」

若い男が訊き、娘が小声で答えている。若い男の矢のような視線が背中に突き刺さった。

晩秋の空は薄曇りで、冷えた風が原生林を抜けてやってきた。太陽は灰色の雲の後ろに隠れ、あわあわとしたピンクの円盤に見える。

トッタナイの集落は、四方を丘に囲まれていた。数年前、ニプタイから移住させられたアイヌが、柏の原生林を切り倒して拓いた開墾地だ。広さは三町歩ほど。柏の疎林があちこち残った平坦地に、畑がいくつか拓かれ、アイヌ独特の萱葺き、萱壁の家が二、三戸ずつかたまって建っている。その数は、ひとのいない納屋を含めてもわずか十五、六。このあたり、アイヌもはじめて踏み入ったという原野で、未だに土地の名前もない。

トッタナイというのは近くを流れる川の名前だ。

ウララピリカの父親はエカシという。このアイヌ集落の長だが、集落でいちばん小さな家に住んでいる。ほかの村長はどうか知らないが、エカシはニプタイにいるときからそうだった。村でいちばん小さな家に住み、いちばん質素な暮らしをしていた。

その家は、目印のように一本残された柏の巨木のそばにあった。前庭にゴザを敷き、白髪頭の老女が糸より棒に白い糸を巻きつけている。

十兵衛はその前で足をとめ、一礼した。

老女は顔をあげた。ウララピリカの母カトワンテだ。皺だらけで、口のまわりに青い入れ墨がある。その顔には何の表情も浮かんでいない。いつもそうだ。十兵衛に笑顔を見せたことはない。ほとんど口もきいたことはない。

だが、なぜか敵意は感じない。

「あなたが気に入っているみたいよ」

いつかウララピリカが言った。案外そうかも知れない、という気もする。

カトワンテが立ち上がり、顔をほんの少し下へ動かした。十兵衛はうなずき、そばの立ち木に馬を繋いだ。

エカシは家の中にひとりいた。いろりの前で煙草を喫《す》っていた。カトワンテはその斜め後ろに坐り、白い糸を半分巻きつけた糸より棒をそばに置いた。

「イランカラプテ」

十兵衛はアイヌ語でエカシと挨拶を交わした。ウララピリカにはじめて教わったアイヌ語だ。相手の心にそっと触れる、というような意味だという。

エカシはいろりに煙管《キセル》の灰を落とし、新しい葉を詰めた。十兵衛は受け取り、一服だけして、煙管を返した。煙は山ぶどうのにおいがした。

「言いにくいことかね」

「いいえ」

十兵衛は首を振った。

「しばらく留守にします。その間、子供たちをお願いします。何かあったら、ここに来るように言ってあります」

アイヌ語を思い出すのに苦労した。ウララピリカが死んでから、ほとんど使っていない。

エカシは無言でうなだれた。文様のないアツシ織のアイヌ服を着て、萱で編んだござの上に坐り、そのまま黙って煙草をふかしている。

いつ見ても、歳がわからない。長い髪も、口のまわりから胸に垂れた長いひげも真っ白だ。三百歳だと言われてもそんなもんか、と思いそうだ。ウラピリカの歳から計算すると、まだ六十は超えていないと思えるが。

「旭川の近くで、開拓使がエゾヒノキの切り出しをやっています。人足が足りなくて、いい金を出してくれるというんです」

「長く、留守にするのか」

「二十日で戻ります」

それはうまく行けば、の話だ。いや、切り出しの人足をやりに行くのなら、もう少し日にちがかかるだろう。

「ひと月かかるかも知れません」

エカシは煙管の灰を落とし、また黙った。動くのが大儀そうに見える。ニプタイにいた頃は元気だった。アイヌの山刀《タシロ》を腰に吊って、鹿を追ってよく山へ入った。移住させられてから急に弱った、と集落の者に聞いたことがある。

「あんたはいずれ出ていく、と思っていた」

一瞬、アイヌ語が通じていないのか、と思った。

「いえ、すぐに戻ります」

「あんたが出ていくと、ひとが死ぬ。娘はいつかそう言った」

アイヌの萱葺きの家には、窓が三つある。土間の横にヌプキクタプヤラ（濁り水を捨てる窓）、居間の横にイトムンプヤラ（光を受ける窓）、中央奥にロルンプヤラ（神座の窓）。

だが曇り空で、家の中は薄暗い。エカシの顔は薄闇に沈み、よく見えない。

「とめても、無駄だろうね」

「旭川へ、切り出しの人足をやりに行くだけです。おれはもう昔のおれではありません。心配なさるようなことは起きません。子供たちとひと冬過ごす金が手に入ったら、すぐ戻ります」

「あんたの言うとおりだろう。わしは老いた」

「そうは見えません。貴方には、カムイがともにおられるようだ」

「子供たちは元気か」

「よく育ってくれています。妻が見守っているんでしょう」

「今はどこにいる」

「家です」

エカシはいったん口を閉じた。

「家を出るとき、あんた、子供たちをこの集落に連れてきて、わしらに預けようとしたんじゃないか。しかし、子供たちが嫌がった」

十兵衛はちら、とカトワンテに目を移した。歳を取って顔が小さくなったのか。口のまわりの青い入れ墨が、まるで覆面のように顔の下半分をおおっている。余計に表情が読み取れない。

「ちがうかね」

「いいえ。そんなことは——」

「隠さんでもいい」

真っ白なひげにおおわれた口許が、わずかに緩んだ。

「わしらが以前、娘に言い聞かせたのだ。お前の子供たちを、アイヌの集落に来させてはならん。子供たちにもそう伝えろ、と」

そんな話は初耳だった。だが、言われてみればその通りだ。ウララピリカは一度も子供たちをこの集落に連れてこなかった。彼女が死んでから、十兵衛が二、三回連れてきただけだ。いつもふたりきりでは淋しいだろうと思ったのだが、寛治も雪乃も、集落に馴染もうとはしなかった。

「子供たちは、アイヌの言葉がわかるかね」

「いえ」

「アイヌの言葉は、聞くことも話すこともできぬ。そうだな。ああ、それでよい」

　十兵衛は顔色を失くしていた。

　ウラランピリカは、十兵衛をニプタイへ連れていくと、一生懸命アイヌ語を教えた。だが、生まれた子供たちには決して教えようとしなかった。それもエカシに言われたことだったのか。

「あんたも知っていよう。ニプタイの集落には昔、家が四十二軒あった。アイヌが百三十二人、住んでいた。和人が来て、男たちを連れていった。女たちも連れていった。アイヌの数はどんどん減った」

　新政府が「雇」と呼んでいる強制徴用だ。男たちは遠方へ送られ、道路や鉄道を造る人夫としてこき使われた。女たちの多くは役人の妾にされた。

　集落に残った者も、とうとうニプタイを追われて散り散りになった。移住先のこの集落には、今、二十六人しかいない。アイヌモシリの方々で、これと似たようなことが起きている。

「わしらには先がない。アイヌはやがてこの地上からいなくなるだろう。それも、そんなに遠い先の話ではない。アイヌの言葉を覚えたとて役には立たん。それどころか――」

　エカシはそこで口をつぐんだが、その通りだ。和人の多くは、アイヌを同じ人間だとは思っていない。家畜同然にみなしている。アイヌの言葉など喋る者がいたら、それだけで侮蔑され、差別される。

「でも、あの子たちの体には、半分アイヌの血が流れています」

「ひとには言わぬ方がよい。ふたりとも和人《シャモ》の子として育てなさい。決してアイヌにはするな」

なぜ気づかなかったのだろう。十兵衛と暮らしている間、ウラピリカはひと言も愚痴めいたことは口にしなかった。おぼろにかすむあの花のように、どこかぼんやり微笑んでいた。だが、心中でひとり、いかに多くの無念を呑みこんでいたことか。

「わしがなぜこんなことを言ったか、わかるね」

十兵衛は呆然と見返した。

「寛治も雪乃も、わしらの娘が生んだ子だ。かわいくない、とでも思うか。わしらにとっては、この世の宝だ。できるものならそばに置いて、この手で育てたい。だが、そんなことをしたら、あの子たちはどうなる」

カトワンテがその後ろで目を伏せた。その顔が十兵衛の胸をえぐった。これまで一片の感情も見せなかったこの老女も、いかに多くの苦渋を押し隠してきたことか。

「わしらには、子供たちを預かることはできん。むろん育てることもできん」

いきなり光の柱が倒れこんだ。三つある窓のどこから射しこんできたのかわからない。薄闇の中に、一瞬、エカシの顔が亡霊のように浮かび上がった。

「あんたがどこへ行って、何をしようと、それはあんたが決めることだ。だが、あんたが戻らないと、あの子たちは生きていかれぬ」

十兵衛はふところに手を入れ、ウララピリカのタマサイを握りしめた。

朝、家を出るとき、十兵衛はウララピリカのタマサイを雪乃に手渡そうとした。心のどこか片隅に、もし家に戻れなかったら、という危惧があったにちがいない。

だが雪乃を見て、まだ幼すぎると思い直した。ふところに入れてきたのは、トッタナイの村へ行ってカトワンテに預かってもらおうとしたからだ。

しかし、その考えは甘かった。

やめるなら今だ。

そう思いながら、エカシの家を出た。あんたが戻らないと、あの子たちは生きていかれぬ。

「おっさんよ」

さっきの青いシャツを着た若者が、前庭をぶらついていた。十兵衛を見ると、下からすくい上げるように視線を浴びせてきた。そのまま視線をそらさない。

その目は鋭く、棘がある。喧嘩を売っているとしか思えない。が、棘さえなければ悪くない。目に力がある。

今から十数年前、この国が勤王、佐幕に揺れ動いていた頃は、こういう目をした若い連中が至るところ跋扈《ばっこ》していた。国を憂い、志を立て、自分たちが進むべき道を、やがて来る明日を熱く語ったものだ。

この若者もそんな頃、和人として世に出れば、ほかの生き方ができたろう。

十兵衛は無視して横を通り過ぎ、馬の手綱を取ってまたがった。青いシャツの若者はのらりと動き、馬の行く手を遮った。

「あんたのこと、知ってるぜ」

「そうか。おれは知らん」

「今度は誰を斬りに行くんだ、ひと斬りさんよ」

「どいてくれ」

「話があるんだ。相談だ。ちょいと顔を貸してくれ」

十兵衛は馬の腹を強く蹴った。葦毛の馬は驚き、前脚を高くあげて、嘶いた。青いシャツの若者はわっ、とのけぞって尻餅をついた。

「いい子だな」

軽く首筋を叩いて馬をなだめ、十兵衛は道を引き返した。

「ちっくしょう！」

後ろで若者が叫んだ。

6

ふたり目の客は長かった。真っ昼間から酔っていて、なかなか気をやってくれなかった。挙句の果てに、お梶の乳房をくわえて泣き出した。四十五、六か。野良着は牛糞のにおいがした。脱がせたら、体中から牛糞がにおいたった。仕方がないから息をとめて、布団にひっぱりこんだ。

浅黒くて、大きな図体をした男だった。上からおおいかぶさってこられると、苦しくて呼吸ができなくなった。

早くイッて。

お梶は体の力を抜いて、目をつむった。しかし、そこから先が長かった。女を買うのに馴れていない客はどっちかだ。脱がせているうちにイッちまうようなやつと、その逆と。まあ、仕方ない。貧乏くじを引くこともある。ぼんやりほかごとを考えていると、男はしぼんで出て行った。

お梶は体を離そうとした。すると大きな男は、赤ん坊みたいに乳房にしゃぶりついた。そしておいおい泣き出した。

「とめええ、とめえええ……」

はじめは何を言っているのかわからなかった。とめは女の名前らしかった。女房か娘か、どういう女かわからないが。

「いいのいいの。忘れなさい」

お梶は耳に囁いて、男の頭を抱いてやった。泣き声がいっぺんに激しくなった。しょうがないから泣きやむまで、そのまま抱いていてやった。男は恥ずかしそうな顔で礼を言い、また乗っかってもいいか、とお梶に訊いた。しかし、ものが役に立たなかった。結局、男は自分でしごいて精を放ち、また来るまた来る、と帰っていった。

泣きたいのはこっちだよ。

後始末をすると、お梶はなつめの様子を見に行った。

「すみませんね。あねさん、すっかりお世話をかけてしまって」

「あんたのせいじゃないだろ。どう。そろそろ取ってみるかい。傷口がふさがっている頃だ」

血の流出は、あれからひと晩経ってもとまらなかった。浅い傷はおさまってきたが、頬から鼻にかけて、深い傷が三つあった。切り口が数センチにわたって大きく開き、サラシをいくらきつく巻いても駄目だった。何かして傷口をふさがないと、血は永遠にとまらない。

漢方の薬は外傷にはきかない。といってこの北の果てに、西洋医などいない。西洋医学の知識を持っている者もいない。

死んじゃうよ。あねさん、どうする。なつめ死んじゃう。

女たちが代わる代わるやってきて、お梶に訴えた。明け方、お梶はついに肚《はら》を決めた。

「誰か、針と糸を持っといで」

女たちはなんのことかと訝《いぶか》った。

遠い昔、柳橋で芸者をやっていた頃、お梶は蘭方医が金創の手当てをするのを見たことがある。刀で斬られた長さ三寸という深い傷口を、針と糸で縫い合わせたのだ。

針も糸も、きっと医術で使う専門のやつだ。どこを捜したってそんなものはない。だが、要は傷口を縫い合わせればよいのではないか。

「痛いよ、なつめ。死ぬほど痛い。でも、ここで死んじゃあ口惜しいだろ。だったらいいね、我慢しな」

蘭方医は縫うときに麻酔を使った。それもない。本当に、一か八かの勝負だった。女たちはみな青ざめ、やる前から泣き出す者もいた。

「しっかりしな。なつめが生きるか死ぬか、瀬戸際だ。あんたたち、しっかりなつめの体を押さえとくれ」

お梶は傷口に焼酎をぶっかけると、木綿糸を通した縫い針を手に取った……。

あれからそろそろひと月になる。顔にまいてあるサラシにも、ほとんど血は滲まなくなった。

「待って」

上体を起こし、サラシを取ろうとすると、なつめがその手を押さえた。

気持ちはわかる。自分の顔を見るのが怖いのだ。悪くすれば、死刑宣告に等しいことだってなくはない。

「だったら明日にするかい」

なつめは手鏡を伏せ、深い呼吸を三つした。

「いえ取ってください。お願いします」

なつめの顔には、幅二寸に細く切ったサラシがぐるぐる巻きにしてある。見えるのは目と唇だけだ。お梶は大きく手を回し、ゆっくりと慎重にサラシを巻き取っていった。

まだ午後の半ばだが、女たちが客を取る部屋は暗い。それがせめてもの幸いだった。

「よく頑張ったよ。もう大丈夫だ、なつめ。傷口は完全にふさがってる」

なつめはおそるおそる顔に手をあてて、それから手鏡を顔の前に立てた。表情は変わらなかった。思ったよりひどかったのか、それとも少しはましだったのか。

「傷跡はすぐきれいになる。あたしとちがって、あんた若いんだから。心配ない」

なつめは何も言わず、ただ手鏡を覗いている。

「あねさん！　来たよ、あいつら」

回廊を駆けてくる足音がして、声と同時に戸が開いた。首を突っこんだのはお菊で、サラシを巻き取ったなつめの顔を見ると、息を呑んだ。

なつめは色が白く、頰がふっくらとした美形だった。その顔に、赤黒いムカデが三匹、貼りついている。色が白い分、ムカデの色は醜悪だった。

「誰が来たって？」

お梶がその顔を隠すように、なつめの前に乗り出した。

「あいつらだよ。なつめの顔を切ったやつら。弁償の馬を持ってきた」


札幌はある晴れた日に、突然空から降ってきた異国のような村だった。

森が消え、川に橋がかかり、石畳の広い道が碁盤の目のように走っていた。その広さはおよそ一里四方。目抜き通りには赤、白、青のペンキを塗った洋風建築が建ち並び、乗合馬車が行き交い、白人がゆったり歩いていた。

明治二年、新政府は北方開拓の本府を、札幌に置くことに決めた。開拓使は、札幌本府の建設をはじめるにあたって、測量技師、水利技師、建築技師など、大勢の技術者をメリケンから招いた。彼らは森林を切り開き、まっさらな平地に、メリケンそのままの街をつくったのだ。

十兵衛には居心地が悪いだけだった。一刻も早く出ていきたかった。が、ひとつ用事がある。

通りすがりのひとに教わった駅逓所《えきていじょ》は、創成川と呼ばれる運河のそばに建っていた。建物は木造板張りで、民家三軒分の大きさがあった。

十兵衛は前庭で馬をおり、馬つなぎに手綱をひっかけた。

まだ尾いてくる！

トッタナイの集落にいた青いシャツの若者だ。つばのある西洋帽子を被り、ひとりで馬に乗ってやってくる。気がついたのは石狩の海岸に出て、海伝いにしばらく南へ歩いてからだった。おそらく海岸べりの森の中に近道があったのだろう。突然、馬に乗って一町ほど後ろに姿を現わした。

それから見え隠れに尾いてきた。近づきはしない。話しかけもしない。ただ後ろから尾いてくる。

うっとうしくなって、途中でまいた。が、しばらく経つと、いつの間にかまた後ろにいた。昨夜は野営したが、向こうも焚火の見えるところでひと晩過ごした。

何を考えているかわからない。相手にしないのがいちばんだ。

十兵衛は知らん顔を決めこんで、駅逓所の引き戸を開けた。

土間の向こうに取継の板間があり、気難しい顔をした老人が机の前で帳面をめくっていた。駅逓の取扱人か。顔をあげた。額が抜けて、酒やけしたような赤黒い顔。世の中がすっかりいやになった、とその顔に書いてある。

「なんだい」

「この駅逓に野鍛冶がいると聞いたんだが」

「あたしだよ。元々そっちがあたしの本業だ。なにか用かい」

十兵衛を上から下まで睨め回し、駅逓の取扱人は眉をひそめた。

駅逓所は、旅人や入植者のために、宿泊と人馬継立のサービスを提供する。開拓使が、北海道開拓のために置いた特有の施設制度だ。半官半民の請負制で、運営を任された者を〝取扱人〟と言う。

取扱人にはたいてい村の有力者がなる。継立馬の管理をするので、馬具を作ったり、蹄鉄を打つ野鍛冶がなることも多い。

「刀も研いでくれるか」

「呆れたね。お前さん、その格好で村へ入ってきたのか。廃刀令ってものを知らんのか」

新政府は刀を差して歩くのは蛮風とし、明治三年に庶民の帯刀を禁じ、明治九年には廃刀令を出した。これで警察官以外、誰も刀を差して歩けなくなった。

もちろん十兵衛も知っている。石狩の交易所へ、山で獲った獣皮を米やひえと交換しに行ったとき、誰かがそんな話をしていた。だが、遠い内地の話だと思っていた。

「お前さん、どこから来たんだい」

「北の方だ」

「北のどこだ。おおかた熊とアイヌしかいねえとこだろ。早く帰りな。爺いがそんなもんぶら下げて外を歩くんじゃねえ」

「爺いに言われたくないな」

「爺い？　あたしのことか。あたしはまだ五十二だよ」

「おれだってそんなものだ」

「貸してみな」

どうしてそんな了見を起こしたかわからない。十兵衛が腰に差している大刀をじっと見ていた取扱人は、そう言って前に出てきた。

十兵衛は鞘ごと抜いて、その手に大刀を載せた。

「埃を被っていやがる。抜けるか」

「もちろん」

「どうだかな。ほれ、そっちを持ってくれ」

野鍛冶が本業という取扱人は、十兵衛に鞘の先を持たせ、ゆっくり刀を引き抜いた。ひどいな、と顔をしかめ、刀身に点々とこびりついた血のりを見た。ひどいな、とまた言い、刀身を立てて顔の前に持ってきた。

一秒で、顔色が変わった。

「こいつを研げ、と?」

「野鍛冶には、刀を研ぐのは無理か。それなら研ぎ石だけ貸してくれ。実を言うと、その方がありがたい。あまり金の持ち合わせがないんだ」

専門の研ぎ師に頼むと、目の玉が飛び出るほどふんだくられる。北海道の駅逓にいるような野鍛冶なら、それほどのことはなさそうだが。

「この刀、どこで手に入れた」

「江戸で極道をやっていた頃にかっぱらった。昔むかしの話だ。刀は何本も使ったが、そいつがいちばんよく斬れた」

「だろうな」

「だから一本残しておいた。いい刀か」

「宗次《むねつぐ》の天保打《てんぽううち》だ」

江戸は麻布永坂に住まいした刀匠・固山《こやま》宗次が、天保時代に鍛えた業物だ、という。

「いい刀ってわけだ」

「いいものか」

「有名なんだろう」

「そうさ。首斬り刀だ。お上の処刑人が、罪人の首を斬るのに使った刀だよ。四代将軍・家綱公の時代から、代々首斬り役を勤めてきた山田浅右衛門という名を聞いたことがあるだろう」

山田浅右衛門は屋号のようなもので、初代から幕末の七代目まで、七人いる。職名は、公儀御様御用《おためし》。将軍家に納められる刀剣の試し斬りをするのが本業だったが、副業の方が世に知られた。斬首刑を言い渡された罪人の首を、一刀のもとに斬り落とすのだ。

何代目かの浅右衛門は、罪人の首筋に米粒をひとつ置き、その米粒を真ん中で両断しながら斬首した、という。

「ただの野鍛冶ではなさそうだな。あんた、元は刀鍛冶か」

「会津の山でふいごを吹いていた。知っての通り、御一新でとんと仕事がなくなってな。幸い女房も子もいない。気晴らしにこっちへやって来た」

「それで少しは気が晴れたか」

「いるんだねえ。今どきこんなもんをぶら下げてくるやつが」

元会津の刀鍛冶は、ぼろぼろになった首斬り刀を片手でかざし、目を細めた。もの淋しい秋の日暮れ、夕焼けの空にひとつ残った柿でも見ているみたいな目だった。

「賞金稼ぎか」

「なんだって」

「どっか東の方の町に、千円の賞金首が出たって話じゃないか。お前さん、それを稼ぎに行くんだろ」

「誰に聞いた」

「千円だぞ。誰ってことはない。ここんとこ街道沿いに、その話で持ちきりさ」

「研ぎ石は貸してくれるのか」

「そこらで酒でも飲んできな。お前さんにこの刀が研げるものか」

草鞋《わらじ》をはいて土間におり、刀をぶら下げて出て行った。十兵衛は鞘を持って追いかけた。

青いシャツの若者は、幸いどこへ行ったか姿はない。母屋の横へまわっていく元刀鍛冶に追いすがった。

「待ってくれ。言ったろ、あんたに研いでもらっても金が払えない」

「金は一昨日もらった」

「なんだって」

馬が二、三頭いる馬小屋のそばに、作業場があった。薄い板で囲い、屋根をつけただけだが、中に炉とふいごもある。元刀鍛冶は研ぎ石を出し、むしろにドカッと腰を据えた。着物の袖はもうまくりあげてある。

「邪魔だからどっかへ行ってな」

「金は一昨日どうしたって？」

「もうじき連れが錆びた刀を持ってやってくる。そう言って、研ぎ賃を置いていった男がいる。お前さんの連れだろう」

金吾の野郎め。見透かしやがって。

「どこで落ち合う、というようなことは言ってなかったか」

「三日で戻る。それまでここで待て、とさ」

「どこへ行った」

「この先のハシケベツから山へ入って五里行くと、昔、熊が見つけた湯治場がある。腰痛だとよ。爺いだな。今頃は熊と仲良く湯につかっているだろう。わかったら、どっかへ行ってくれ。あたしはひとが見てると仕事にならねえんだ。橋の向こうへ行けばビーヤホールがある」

「何だ、それ」

「メリケンの酒場だよ。お前さん、捨てられたみたいだなあ、世の中に。この刀と同じだ」

「酒はこっちから捨てたんだ」

「ふうん。やめた。わけありか。別に訊きたかないが」

「こっちも言いたかない」

元刀鍛冶はふっふと笑った。

「馬に飼い葉をやってくる。もらっていいか」

「そこの馬小屋にある。持っていけ」

「刀を研ぐのにどれくらいかかる」

「朝から晩までこのひと振りにかかりっきりで、まず十日」

十兵衛は顔色を変えた。

「と、言いたいところだが、待てるか。待てないだろう。なら、明日の朝だ。ひと晩待ちな。どうせ明日にならないと、お前さんの連れは戻ってこない」

7

「遅いんで心配してたよ。もう少しで戸長殿に相談するところだった」

喜八の声だ。なつめは二階の窓にすりよって、格子の塀越しに下の通りを見下ろした。

秋山楼の門前は村の目抜き通りで、かなり広い。馬つなぎは建物の横にあって、通りには四輪馬車が二台、ゆうに並んで行進できる。

ふたりの男は馬に乗り、弁償の馬を三頭ずつ曳いてやってきた。

「まだ冬になっちゃいねえだろ」

兄の佐之助は怒鳴り返した。仏頂面で、馬からおりようともしない。

「川が増水して渡れなかったんだ」

弟の卯之助の方は馬をおり、済まなそうに言った。

「もちろんいいさ。あんたたちを信用してた」

喜八は満面の笑みだ。目抜き通りの真ん中でふたりを迎え、弁償の馬を見てまわった。格子の塀の内側では、店の女たちが干した洗濯物が風にパタパタ揺れている。

「いい馬じゃないか。爺さん、馬小屋に曳いてってくれ」

アイヌの爺さんが現われ、一頭ずつ手綱を取って、裏の馬小屋へ曳いていく。

「あんたたち、ホロチカベの森で鹿を撃ってるんだってな。今年はどうだい、猟の方は」

「どっかの女郎でけちがついて、さっぱりだよ」

「そんなことはあるまい。あんた、いい腕だって聞いたぜ」

喜八は額に手をかざし、馬上の佐之助に愛想を言った。空はまだ午後の青さだが、はぐれた雲がひとつ、傾きかけた陽に照らされてオレンジ色に染まっている。

「何だ、それ。よさそうな毛皮じゃないか」

弟の卯之助の馬に、鹿の毛皮が一枚載っている。喜八は近寄り、物欲しそうに毛皮を撫でまわした。

「上物だな」

「俺が仕留めた鹿の皮だ。けがした女はどうしてる。生きてるんだろ」

「なつめは心配ねえよ。しっかり、ただめしを食ってやがる」

「会わせてくれ。あの女に謝りたい」

「卯之、行くぞ。くだらねえこと言ってんじゃねえ」

馬上の佐之助が怒鳴りつけた。その胸に、いきなり泥のかたまりがぶつかった。

「なにしやがる」

血相を変えた佐之助に向かって、泥のつぶてが次々襲いかかった。女たちだ。いつの間にか店の門の前に出て、てんでに泥のつぶてを投げている。喜八がとめにかかったが、女たちはおさまらない。

「これで済むと思ってんのかい。冗談じゃないよ」

「帰れ、帰れ」

「二度と来るな」

佐之助は「女郎風情がぁ」といきり立ったが、泥の数に敗けて逃げ出した。弟の卯之助は「待ってくれ、待ってくれ」と逃げ回り、馬に積んできた鹿の毛皮を差し出した。

「あの女にやってくれ。謝りたいんだ」

泥のつぶてがやんで、お梶が前に進み出た。

「俺が仕留めた中で、いちばんいい毛皮だ。詫びのしるしだ。取ってくれ」

カステーラ色の陽が薄れ、通りを吹き抜ける風が淋しい藤色に翳《かげ》った。女たちが干した洗濯物が、何かものでも言いたそうにパタパタ鳴った。

「持って帰りな」

ものを言ったのはお梶だった。

「詫びは受けない。許さない。あたしらは本気で怒ってる」

なつめはそこで窓を離れた。だから卯之助が女たちに追われ、悄然と立ち去った姿は見ていない。手鏡を取り、顔の傷跡を眺めていると、お梶がやってきた。

「あいつらが馬を持ってきた。今、見てたかい」

なつめは無言で頷いた。

「喜八は馬六頭で、笑いがとまらないって顔をしてやがる。あたしら、家畜同然の扱いだと思ってたけど、実は馬以下だったってわけさ。あたしも甘いね。大笑いだ。待ちな。言いたいことはわかってる。痛い目に遭ったのはあんただもんね。こんな道理に合わないお裁きはない。だろ？

あんたの仇は取ってやる。そのために、あたしらみんなせっせと客をとってるんだ。もう少し待ちな。今頃は噂を聞いて、命知らずの連中がこの村へ向かってるはずだ。じきに来る」

「そのことだけど」

「千円だよ！　今どき千円の賞金首なんてどこにある。メリケンの男だって、話を聞いたら海の向こうから飛んでくるよ」

しかし、なつめは何か考えこんでいる。顔に残った傷跡のことか。あのふたりを殺ったところで、確かに顔は元に戻らないが。

「何か言いたいことでもあるのかい」

「賞金は、ふたりで千円ってことでしょう」

「いくらあたしらだって、首ひとつに千円は出せないよ」

「あのひとは何にもしちゃあいないんです。刃物も持ってなかったし、一生懸命とめようとしてくれて。それで自分もけがをして。あねさんも見たでしょう」

「あのひとって、弟の方かい」

卯之助と言った。今、鹿の毛皮を出して、謝りたいと言ったやつだ。

あの激しい雷雨の晩、卯之助の相手をしたのはお梶だった。二、三日客がたてこんで、あまり眠っていなかったせいだろう。卯之助を上に乗せたまま、ついうとうとした。夢を見たような気がする。思い出せないが、何か楽しい夢を。なぜだろう。楽しい夢はいつも思い出せない。

隣の部屋で怒声があがり、なつめが悲鳴をあげて逃げてきた。引き戸が外れ、音を立てて回廊に転がった。

「貴様ぁ、女郎の分際で」

そのあとは修羅場だった。ふたつの部屋と回廊を、なつめが傷ついた蝶みたいに逃げ回り、匕首を握った大男が酔った熊みたいに追いかけた。笑え。笑え。おれのムスコがおかしいか。

お願い。やめて。捕まえろ。卯之、その女を押さえてろ。落ち着け、兄さん。危ないよっ。女郎はどいてろ。ぶっ殺すぞ。誰か、喜八を呼んできて。押さえてろ、卯之。喉を切っちまう。やめてやめて。危ないもんは捨てなさい。兄さん、落ち着け。やめてくれ。くそ。このアマあ。喜八、銃を持ってきて！

あの店があれだけ騒然となったことはかつてない。喜八が猟銃をぶっ放ち、その銃口を突きつけて、やっと熊みたいな大男は匕首を捨てた。

確かにあのとき、卯之助の方は必死に兄をとめようとした。なつめをかばい、自分も刃物でけがをした。

「だから、なんだってのさ」

「あのひとは悪くない、と思うんだけど」

「だから賞金首から外せって？」

お梶は鼻で笑った。

「ああなっちゃあ、こいつは悪い、こいつはいい、なんて言ってられないよ。お天道様を見な。いい人間だけ照らしてくれるかい。雨は悪い人間にだけ降ってくるかい。世の中、いいも悪いもないんだよ。あたしらの大事なものを踏みにじったやつは、みんな同罪さ。この世であたしらを守ってくれる者はいない。仇を討ってくれる者もいない。だから、自分たちでやるしかない」

札幌のビーヤホールは、白い板張りの洋館だった。新政府に鉄道の技術を教えにきたメリケン人が、メリケン西部の酒場を真似して造ったという話で、床も板張りだった。客は洋装が多く、みな土足で床の上を歩いている。

駅逓のおやじが言った通りだ。てっきり冗談だと思ったが。

十兵衛は革の半長靴を鳴らし、立ち席に行った。

「ご注文は」

黒ラシャの上着に白いシャツをパリッと着こんだ若い給仕がやってきて、台の向こう側に立った。

「あれは何だ」

小声で訊いた。すぐ横の立ち席で、ひげ面の中年男が大きな陶器で何か飲んでいる。顔が赤いから酒だろう。

「麦酒《ビーヤ》です」

「白い泡みたいなのは何だ。飲むたびにひげにくっつく」

「麦酒の泡です」

ます」

「ほかにどんな酒がある」

「火酒《ウオツカ》、茴香酒《アブサント》、阿刺吉酒《あらきしゅ》、柑桂酒《キュラソー》、葡萄酒《ワイン》、銀座にある酒はたいていありますよ。何にし

「珈琲《カフェ》」

給仕は頷いて、去った。立ち席で酒を飲んでいる客は、みな台の上に金をいくらか置いている。給仕は酒を運んでくると、その中から金をつまんでいく。メリケン式の勘定か。真似をして、台に小銭を置いた。

酒はやめた。酒場など用はない。そう言うと、珈琲を飲め、と駅逓所のおやじは言った。

「メリケンのお茶だ。その様子じゃあ、今夜を逃したら一生飲む機会はあるまい」

「おれは静岡のお茶でたくさんだ」

だからどうしてやってきたのかわからない。もしかすると、この刀と同じだ、と言われたことがショックだったのか。お前さん、捨てられたみたいだなあ、世の中に。

給仕が珈琲を運んできて、台の上から金をつまんでいった。

この野郎。いなか者だと思って、おれをこけにしてるのか。

一瞬、十兵衛は真剣に腹を立てた。給仕が持ってきた珈琲は取っ手のついた茶碗に入っていて、真っ黒だった。飲むと、苦くて酸っぱいだけだった。煎じ薬でもこんなひどい味はし

ない。

笑いものにされているんじゃないか、と見まわした。だが、そんな気配はない。考えていると、声がした。

「千円だってよ」

「本当か。そんな金がどこにある」

「だから女たちが出すってよ。さんざんアレやって貯めた金さ」

思わず耳がそばだった。おかしなものだ。客は結構入っていて、店内はかなり騒がしい。ひと声は潮騒みたいに鳴っている。誰が何を喋っているかなんてわからない。だが、こういう言葉は、なぜかひょいと耳に入ってくる。

「よっぽど恨みを買ったんだな」

「何しろふたりがかりで、女の体を切り刻んだっていうからな。わざと殺さないで、あっちこっち切ったり削いだりしてさ。指も一本ずつ爪をはがし、根元から切り落としたっていうぜ」

「そいつら新撰組の生き残りじゃねえか」

丸いテーブルを囲んで、大徳利の濁り酒をぐい飲みでやっている三人連れの男だ。風体からすると、道路工事か何かの人足に見える。

「場所、どこだって」

「東の方だ。旭川のもっと先。ここからだと馬で五、六日って言ったかな。街道の先っぽの鷲路って村だ」

「おい、行くか。いつまでもこんなことやっていたんじゃあ、うだつがあがんねえぞ」

「千円あれば、女と所帯を持って、やっていけるよなあ」

「ばかやろう。相手は新撰組だぜ」

「そうとは決まってないだろ。おれだって昔は藩の鉄炮隊にいたんだ」

十兵衛はもうひと口、珈琲を飲んだ。今度はいくらかましな味がした。千円だぞ。誰ってことはない。ここんとこ街道沿いに、その話で持ちきりさ。駅逓所のおやじが言った通りだ。この分だと、実際にもう鷲路に向かっている者も何人かいるかも知れない。

またひと口、珈琲を飲んだ。さっきよりだいぶましだ。馴れれば飲めるかも知れない。静岡のお茶には遠く及ばないが。静岡のお茶だって？　くそ。最後に飲んだのはいつだろう。

「よう十兵衛、来てくれると思っていた」

振り向くと、鹿皮の帽子を被った男が寄ってきた。相変わらず力の抜けた顔で、かったくなるような笑みを浮かべている。

「よくわかったな」

「ここか？　駅逓所のおやじに聞いた。焼酎をもらおうか」

給仕に声をかけると、馬場金吾は立ち席の台に肘をついて、ゆるゆるとこっちを見た。なんとなく腰痛をかばっているようにも見える。

「あんたは湯治に行って、明日まで帰らないと言っていた」

「そのつもりだったが。どうものんびり湯治をしている場合じゃなさそうでな」

金吾は斜めに頭を傾けてきて、声をひそめた。

「あの話、湯治場でも知れ渡っていた。この景気の悪い世の中に千円だもんな。今朝もひとり、黙って湯治場から消えたやつがいた。鷲路へ向かったにちがいない」

「ここにもいるよ」

だが見ると、丸いテーブルで濁り酒を飲んでいた三人連れはもういない。まさかあのまま鷲路へ発った、ということはないだろうが。

「雑魚《ざこ》はどうでもいいんだが、公爵の姿を見かけたってやつがいてな」

「公爵？」

「名うての賞金稼ぎさ。討伐隊が解散したあと、残賊の首に賞金がかかったろう。それをいくつか挙げてる。剣の達人だそうだ。そいつが何日か前、馬車で東へ向かったのを見たという者がいた。真偽のほどはわからないが。どっちにしても、うかうかしてると誰かに先を越されちまうと思ってな。あんたがいたら、すぐに出ようと戻ってきたんだ」

「今、刀を研いでもらってる」

「ああ、やっていた。どうしたんだ、あのおやじ。やけに張り切っていたが」

給仕が運んできた焼酎は、ギヤマンのコップに入っていた。見るからに飲む気がしない。

だが金吾はもう馴れた様子で、

「変われば変わるもんだよな」

軽く笑っただけで、平気でコップの焼酎を飲みだした。

「明日の夜明けまでにはあんたの刀、きれいに研いでやると言っていた。あのおやじ、本気で夜なべ仕事をするらしいな。どういう風の吹き回しだい。まあ、いいや。刀ができたらすぐ発とう。それでいいな」

十兵衛は無言で頷いた。金吾はその手許にある珈琲の茶碗に、目を落とした。

「あの飲んだくれがなあ。本当に酒をやめたのか」

「もう十一年、飲んでない。言ったろ。おれは真人間になった」

「マニンゲン⁉　そんな言葉があったよなあ。おれたちにはいちばん縁遠い言葉だった。いや、あんたは今やそいつになったわけだが」

「そうだ。女房のおかげで、おれは変わった」

金吾は焼酎を飲み、いくぶん不安げに十兵衛の姿を見直した。

「なあ金吾、おれにひとが殺れると思うか。相手の男ふたりには、何の恨みもないんだぜ」

「あんたには元々恨みもへったくれもなかったじゃないか。江戸にいた頃から、邪魔なやつは斬る。動くものは斬る。手当り次第斬る。そうやってさんざんひとを殺してきた。極悪非道、情け無用の——いや、言い過ぎた」

十兵衛はうなだれ、少しの間動かなかった。

「最後に殺ったのは十一年前だ。おれは昔のおれじゃない」

「わかった。おれがふたりを殺ろう。あんたはその間おれのそばにいて、援護してくれればいい。それで賞金は折半だ。なら、いいだろ。あんたが一緒に来てくれるだけで、おれは安心なんだから」

十兵衛は手許の珈琲を見つめていた。金吾はその横顔を見つめていた。だからふたりとも、その男がふらりとやってきたのは見なかった。

「バーテン、酒だ」

酔って威勢のいい声が、立ち席で並んでいるふたりの間に割りこんだ。続いて体が割りこんできた。金吾はむっとした顔で身をよけ、十兵衛はぼんやり目を向けた。

あの青いシャツの若者だ。あのつばのある西洋帽子を被っている。

「酒は何にします」

給仕がすぐやってきた。

「いいいちばん強い酒ッ」

酔っている。

「いい帽子ですね」

「テンガロンハットってんだ。い、いいいだろ。メリケンの牧童はみんな被ってる。水を飲むときさ、これで川の水を汲むんだぜ」

若者はにやりとして、西洋帽子を被り直した。

「悪ぃ悪ぃ、狭いとこ割りこんじゃって。済まなかったねえええ、おじさんたち。ちょいと話があるんだよ。おじさんたちにもおおお、めっちゃ、いい話！」

給仕が去ると、ふたりに笑顔をふりまいた。だいぶ酔っている。

「どっかで頭冷やしてきな」

十兵衛は言った。金吾がおっ、とこっちを見た。こいつ誰だ、知ってるのか、という顔で。

「そう邪険にしなくたってえええ」

何か変だと思ったら、この若者、トッタナイの村で会ったときはアイヌ語を喋っていた。

当然アイヌだと思ったが、今は和人の言葉を喋っている。

さ」

「十兵衛さん、あんたの行く先はわかってる。だからあ、いいこと教えてやろうと思って

若者は立ち席の台に手をついて、一生懸命息を整えた。見た目以上に酔っている。なかなか次の言葉が出てこない。給仕がギヤマンのおちょこみたいな器を運んできた。

「空じゃねえか」

「入ってます」

よく見ると、おちょこの底の方に透明な酒がほんのひと垂らし。

「これっぽっちで金を取るのか」

「強いんですよ。八十二度」

「いいいちばん強い酒だな。よし」

若者は台の上に金を置くと、ギヤマンのおちょこを一気に空けた。

「おい大丈夫か、そんな飲み方をして」

「おれは酒は強いんだ」

若者はけらけら笑い出した。その目が急に点になり、黒目が上の目蓋に隠れて白くなり、ドタリ、とその場に倒れこんだ。

「なら、早く話せ」

8

遠いオホーツクの海から、黒雲の群れがうねりながら押し寄せてきた。空には木枯らしのような風が吹いている。あと三、四日もすれば、あたり一面真っ白な雪に埋もれてしまうかも知れない。

鷲路の戸長兼警察署長・大石一蔵は、心急いていた。今年の春、雪解けを待って念願の家を建てはじめた。丸太をただ横に積みあげるいなか臭い丸太小屋ではない。数寄屋風のしゃれた書院造りだ。芝の島津屋敷にひとつ建っていたのをお手本にして、自分で絵図面を描いた。

はじめは秋までに完成させるつもりだった。それがずるずる延びて、まだ屋根も載っていない。

誰かに手伝わせればよかったのだ。署には伊藤もいたし、新米の巡査も三人やってきた。役場にだって暇なやつは結構いた。が、いまさら言ってもはじまらない。とにかく雪が降り出す前に、屋根打ちだけでも終わらせなければ。

痛てっ！

つい気が焦り、また釘を打ち損ねた。

「署長、精が出ますね」

大石は金槌でぶっ叩いた手を押さえ、屋根板の隙間から下を覗いた。

「おう喜八か」

「屋根はひとりで打つんですかい」

「ばかやろ。ここまで全部おれひとりでやってきたんだ。見ろ。そっちの座敷、いいだろ」

「ばかに狭いね。ここに布団を敷いて寝られるかい」

「だからいなか者はいやだってんだ。そこは茶室だ。にじり口がついてんだろ。沈む夕日を眺めて一期一会をやるんだよ」

「署長がそんなに風流なお方だったとは」

「江戸っ子だぞ」

喜八はぱちん、と額を打ち、「またまたあ」と笑った。

「嘘はいけませんや。知ってるよ。署長、元は薩摩藩のお侍でしょう」

「だから芝の島津屋敷で生まれたんだ。増上寺の鐘を聞いて育った江戸っ子よ。薩摩なんか行ったこともねえ。いなかのぼっけもんと一緒にするな」

「道理で薩摩のなまりがないんだね。そうか江戸っ子。よっ、寿司食いねえ」

「お前、鷲路の太鼓持ちか。おれは忙しいんだ。何用だ」

「例のふたりが、昨日、馬を六頭持ってきました」

大石は屋根の桟木をつかみ、そろりそろりと首を伸ばした。そばの立ち木に、喜八が乗ってきた馬が繋いである。

「そいつか。よさそうな馬じゃないか。あいつら、名前なんだっけ。兄弟だったろ」

「堀田佐之助と卯之助」

「あの一件は片づいたってことだな」

「おかげさんで」

その割に浮かない顔だった。女郎ひとりに馬六頭なら、十分お釣りが来るはずだが。

「まだ何かあるのか」

喜八は何か言いたそうにまわりを見た。鷲路の村の南の外れ、赤蝦夷松の林を抜けた平地にある名もない湖畔だ。まわりに家はない。ほかに聞いている者などいはしない。ばかやろ。もったいつけるんじゃねえ、と大石は怒鳴った。

「賞金首のこと、署長は聞いてないかね」

「何の話だ」

「女たちが、あいつら兄弟にかけやがったんですよ、賞金を」

「待て。下りる。ちょっとはしごを押さえてくれ」

　大きな体は、上り下りするときには厄介だ。金槌と釘袋を作業着のベルトにひっかけると、大石は両手ではしごをつかんで慎重に下りた。

「女ども、客のひとりひとりに囁いてるそうです。堀田兄弟を殺してくれたら千円の賞金を出す、と」

「千円⁉」

「旅の者が、それをあちこち触れ回ってる。今頃は札幌から函館から、北海道中に噂が広まっているでしょう」

「喜八、お前はいつ知った」

「い、いま今、たった今！　いや、おかしいなとは思ってたんです。ここんとこ、女たちがばかに熱心に客を取る。わざわざ通りへ出ていって、馬車でやってくる旅の者まで引っぱりこむ。あいつら何か企んでいやしないか、と――でも、こっちも忙しくてね」

　忙しいわけはない。女たちが客さえ取ってくれればいい。それしか関心がないのだ。

「いや本当。紺屋の白袴ってやつ……あれはちがうか。とにかく聞いて、今聞いて、泡食って飛んできたんです」

「千円ってお前、いくらだか知ってんのか」

千円です、と思ったが、言うのはやめた。この署長の気質は、喜八もよく知っている。

「こないだ新米の巡査が三人来たろ。あいつらの給料、いくらだと思う」

「さあ。そんなに多くはないんでしょうね」

「月に四円だ。千円稼ごうと思ったら、あいつらいったい何年かかる」

二十年と十ヵ月です、と思ったが、言うのはやめた。

「千円なんて金、あるのか」

「あるわけないでしょう、女郎ですよ」

「金もないのに、どうする気なんだ、賞金稼ぎがやってきたら。女ども、みんな殺されるぞ。いや、ちょっと待て。お前んとこの女郎、何人いたっけ。六人か七人か。はっ！　それだけいれば稼ぐかもな」

「笑いごとじゃないよ。賞金目当てに、そこらじゅうからならず者がやってきたらどうなるんです」

「あの兄弟も元は侍のはしくれだ。黙って殺られやしねえわな。いざとなったら、仙台藩の仲間を集めてひと戦するだろう」

「迷惑するのは、あっしら善良な村の者だ。なんとかして下さいよ」

大石は口ひげをしごいた。この忙しいときに、くそ面倒なことを言ってきやがって。

「堀田兄弟をホロチカベから追い出したらどうです」

「ばかやろ。そんなことをしたら、おれの裁きが間違ってたと言ってるようもんじゃねえか。喜八、お前んとこの女郎を村から叩き出せ」

「できませんよ。おまんまの食い上げになっちまう」

「仕方ねえ。おれが手を打とう。伊藤か誰か呼んでくれ。お前、今から村へ帰るんだろう。署に行けば新米が誰かいる。おれが呼んでる、と言え」

「あんたが村へ戻ってくれよ」

「おれは屋根打ちで忙しいんだ。心配するな。やることはちゃんとやる。早く行け」

お梶のやつめ、なめた真似をしやがって。

喜八が馬に乗り、首を振り振り帰っていくと、大石は手ごろな板切れと角材を集め、立て看板を作った。墨は、材木の墨付けに使っているやつがある。筆をなめ、たっぷり墨をつけて文字を書いた。高札だ。われながらよい出来栄えだ。

「署長。何です、急用って」

また屋根に上って釘を打っていると、伊藤の声がした。見ると、伊藤一等巡査を先頭に、三人の新米巡査が馬に乗って勢ぞろいしている。

「ばかやろ。みんな来てどうする。署が空っぽだろう」

「喜八があんまり騒ぐんで」

「待ってろ。下りる。押さえてくれ」

新米巡査の中に、ひとりトウの立ったやつがいる。三十過ぎの小男で、平田という。顔も体もしょぼく、何かにつけて役に立たない。こいつがはしごを押さえたものだから、大石は大きな体をぐらぐらさせながらやっと下りた。

「女たちが、堀田兄弟の首に賞金をかけた。知ってたか、お前たち」

三人の新米は顔を見合わせ、伊藤を見た。伊藤がしょうがないという顔で、口を開いた。

「じゃ本当だったんですか、あの噂」

「何かあったら報告しろと言ってんだろ。なんで黙ってた」

大石は四人にびんたを食わせた。伊藤は馴れていたが、新米の三人はたまげた。しょぼい平田など二メートルも吹っ飛んで、泣きそうになって顔を押さえた。

「伊藤、村を歩いてよそものをあぶりだせ。駅逓や旅籠に何人か入りこんでいるはずだ。鉄砲、刀、匕首、何か得物を持っていたら片っ端から取り上げろ。お前ら新米の三人は、その高札を立ててから伊藤に合流しろ。それだ。今おれが作った。平田、ここへ持ってこい」

平田三等巡査が、家の壁に立てかけてあった高札を運んできた。

「ほかのふたり、名前は」

何回か聞いたが、すぐ忘れる。

「植木です」

「浜本です」

また忘れそうだ。伊藤、平田は単純だが、こいつらの名前は中途半端に難しい。

「お前ら三人で、その高札を村の木戸に立ててこい。今後村へ入ってくるやつは、厳重に警戒するんだぞ。高札の文字、読めるな」

三人の新米巡査は「はっ」と胸を張った。

「伊藤。これをお前に預けておく。必要があれば使え」

大石は警察署の武器庫の鍵を、伊藤巡査に放った。


「いきなりびんた食わせるもんなあ。まいったべ」

「なあ植木。柱、ちょっくら曲がってなかったか」

「署長の家《エッコ》か。ちょっくらなんてもんでねえだばさ。ありゃ大曲がり」

「だべだべっ。あれでエッコが建つど思ってんのか」

「見ものだあ。屋根ば載っけたら、バタンキュウだべ」

植木と浜本、ふたりの若い三等巡査は声を合わせて笑った。その傍らで、平田がせっせと高札を立てている。このしょぼい三十男、何でもせっせとやるのだが、何ひとつまともにできた例《ため》しがない。これほど愚図で不器用な男も珍しい。

鷲路村の西の外れにある木戸だ。まわりは吹きっさらしの湿原で、寒風がひっきりなしに襲ってくる。

「おっさん、まだか」

「早くしてくれ。くそ寒い」

平田に仕事をさせて、たいてい何もしないふたりは寒そうに足踏みをした。

宿場には普通、木戸がふたつある。入口と出口だ。京に近い方を上木戸、反対側を下木戸という。幕府の時代には明けの六ツに開き、暮れの六ツに閉じた。明治新政府になってからも、夜は閉じられることが多い。

だが東蝦夷の奥地、行き止まりの街道のどん詰まりにある鷲路村には、木戸はひとつしかない。入口だけだ。

この木戸は夜になっても閉じない。なぜといって、閉じる〝戸〟がない。横木が一本しかない鳥居のような形の門が、街道をまたいでいるだけなのだ。

木戸から村に入ると、街道は草原の中にゆるやかなカーブを描いて東に向かう。しばらくは何もない。左手に馬を放牧する草地と、右の方に池があるくらい。やがて家が見えてくる。

街道が村の目抜き通りで、道の両側に駅逓所、農具屋、獣皮屋、雑貨屋、酒場、旅籠、食堂などが少しずつ空間を開けて立ち並ぶ。

本来出口の木戸があるべき街道の突き当たりは小高い丘で、戸長役場兼警察署が建っている。二階の屋根の真ん中に突き出している物見塔に上がると、村中が一望できる。大石が立ち入りを禁じているため、大石以外には誰ひとり、物見塔から村を睥睨《へいげい》した者はいないが。

鳥居のような木戸の横に、平田巡査の奮闘で、ようやく高札が立った。

「こけやしねな」

「こけたら承知しねぞ」

ふたりの巡査は高札を囲み、大石が書いた文字を眺めた。

「平田のおっさん、字ぃ知ってるど言ったよな」

「何て書いてあるんだ、この高札」

平田巡査は高札の前に立って、もじもじした。字は知っとる。だば読めや。んだんだ読めや。読んでもいいが、若いお前たちにちょっと難しいぞ。読めねえくせに。いや読める。見栄張るんだばねよ。いいや字は知っとる。だんずら読めや。んだんだや。わかった。読んでやるから覚悟しろ。若いものには難しいぞ。早く読め。

平田巡査は決然と墨書きの文字を読んだ。

「のおよびのちこみをず」

「なんだ、それ」と植木巡査。

「だから難しいと言ったろ」

「どういう意味だ」と浜本巡査。

「よそもんは村へ入るなって意味さ」

植木三等巡査と浜本三等巡査は、半信半疑で顔を見合わせた。ふたりとも東北の水呑み百姓の子で、植木は九人兄妹の七番目、浜本は十一人兄妹の九番目だった。

新政府は明治五年に学制を、明治十二年には教育令を公布して国民の就学につとめたが、ふたりの人生には何の影響も及ぼさなかった。で、どちらも口減らしのために、北海道と名を変えた新天地の巡査募集に志願した。

採用条件は五つあった。年齢二十から四十。身体強健にして、身長五尺以上。刑法および警察法規の大意、日本史の大略に通じる者。普通の文章を読むことができ、書くことができる。加減乗除ができる者。

だが、ものには建前と実情がある。

「お、馬車《まつこしや》でないか」

帰り支度をはじめたとき、街道の西の果てに砂埃が立った。植木巡査は遠目がきく。片手を額にあてて、砂埃に目を凝らした。

「四頭立ての馬車だな。一台だんず。護衛もついていねようだ」

三人は顔を見合わせ、高札のまわりで馬車を待ち受けることにした。今後村へ入ってくるやつは厳重に警戒しろ、と署長が言った。高札には、よそもんは村へ入るな、と書いてある。

四頭立ての馬車は砂埃を蹴立て、湿原の中の街道を疾駆してきた。しかし、木戸に立っている三人の制服巡査に気づいて速度を落とし、やがて高札の前で停まった。

「ボンジュール・ムシュウ」

三人の巡査は棒立ちになった。

四頭の白馬が曳いてきたのは、飾りのついた白い四輪馬車だった。こんなしゃれた馬車は見たことがない。ふたりの乗客もそうだ。ひとりは和服、ひとりは洋服だが、こんなに金のかかった服は見たことがない。

和服の男は五十代半ば。髪は五分刈りで、角張った顔には風雪に耐えてきたような苦味がある。結城紬の綿入れに、黒羽二重の紋付を重ね着して、腰に大小二刀を帯びている。

洋服の男は三十二、三か。山高帽を被り、色の白い顔に丸い眼鏡、おちょぼ口が生意気そうに歪んでいる。茶色の上着に茶色のズボン。膝の上には焦げ茶色の手提げ鞄。

今三人の巡査に何か叫んだのは、洋服を着た若い方だ。異人語のようだが、何を言ったかわからない。三人の顔つきを見ると、また叫んだ。

「ボアタルデ、フィエミダッハ、グッドアフターヌーン、だめか」

「姫路君、善良な巡査諸君をからかっちゃあいけない」

和服姿の五十男が鷹揚にたしなめ、

「ここが鷲路村かね」

と訊いてきた。

「んんだばだば」

「よそもんだべ」

うまく口がきけなくて、三人の巡査は歯ぎしりした。

「この高札が目に入らねか」

和服の男は流し目をくれ、看板の文字を読み上げた。

「警告　一切の刀および銃器の持ちこみを禁ず　鷲路戸長兼警察署長・大石一蔵」

植木と浜本がこのやろう、と平田巡査を睨みつけた。なにが「のおよびのちこみをず」だ。

「姫路君、すばらしい高札だと思わんか。よその村にはなかったぞ」

「さようですな。この村はさぞ治安がよろしいのでしょう」

「われわれのように丸腰でやってきても、これなら安心して宿泊できる」

「さようさよう」

洋服の男はへらへら笑い、鞄から紙を取り出して何か書きつけた。矢立ではない。見たこともない筆を使っている。

「あんたらだば何者だ」植木巡査が威厳を見せた。

「名乗るほどの者ではない」と和服の男。「浮き世に倦《う》んで、あてなくさすらう旅人だよ。今宵は鷺路の村で、ひととき旅の疲れを癒したいと思っている」

「もういっぺん訊く。あんたらだば何者だ」浜本巡査が右にならった。

「私はものを書いている」と洋服の男。「名は姫路弥三郎。小説家だ。こちらは通称、死の公爵。本来はやんごとない御身だが、ゆえあって諸国をさすらっておられる」

三人の巡査は額にしわを集めた。何を言われたかよくわからない。はっきりわかったのはひと言だけだ。三人は和服の男を見直した。公爵だばて?

「通ってよいかね」

平田巡査が必死の形相で、和服の男が腰に差している二本の刀を指差した。

三人は頷きあい、警棒を握って身構えた。一等巡査にはサーベルが支給されるが、三等巡査は帯剣を許されていない。武器は三尺の警棒だけだ。

「通すわけにはいかね。高札を見たんだず」

「おいおい、われわれは丸腰じゃないか」

「公爵がおっしゃる通り、われわれは刀も銃器も持っていないよ」

「御者君、行こうか」

御者が頷き、四頭の馬に鞭を振り上げた。

「ではポリスマン諸君、オールボア」

四輪馬車が走り出した。三人の巡査は砂埃を浴び、呆然と村の入り口に突っ立っている。

小説家は彼らに向かって山高帽を振り、死の公爵はきっかり二センチ、手を振った。


その頃、十兵衛と馬場金吾は馬に乗って、街道を東へ向かって進んでいた。

札幌の駅逓所のおやじは、おそらく名のある刀鍛冶だったにちがいない。しらふで夜通しやって朝という約束が、いつしか酒を抱えこみ、ちびちび飲りながら夜通しやって、朝を過ぎ、結局昼になった。しかし、研ぎあがった刀は見事だった。刃は青光りして、たった今打ちあがった刀と見まがうばかりのできだった。

「帰りには金が入る。済まないが、礼はそのときでいいか」

金吾が渡したわずかの研ぎ賃で済むとは思えなかった。だが、いい加減酔っていたおやじは首を振り、とんでもないことを言いだした。

「金はいらん。首を斬って見せてくれ」

「首？　人間のか」

「そいつは首斬りの刀だと言ったろ。人間の首ぃ斬らなきゃあ、本当の切れ味はわかんねえよ」

酔っ払いをなだめるのに手こずった。この手の名人はたいてい酒癖が悪い。さんざんゴネて悪態をついた揚句、

「くだらねえ世の中になったもんだ。じゃあ何でもいいから斬ってみせろ」

十兵衛は駅逓所の前庭に出て、紙を斬った。金吾が放り投げた一枚の和紙を、空中で、一刀両断にしたのだ。

金吾は唸った。ひらひら空中を舞う紙は、普通、刀の刃にまとわりついて斬れない。しかし、会津藩の元刀鍛冶の目はごまかせなかった。

「お前さん、この刀を最後に使ったのはいつだ。十年前か。もっと前か。お前さんの腕も研ぎが必要だよ。まあ仕方ない。せっかく研いだんだ。持っていけ。だが、生きて帰ってこれると思わない方がいいぜ」

札幌の駅逓所を出たのは、そんなわけで昼をだいぶ過ぎてからだった。晩秋の北の国は、

あっという間に日が暮れる。少しでも距離を稼ごうと、しばらくは無言で馬を疾駆させた。だが、馬の方がすぐばてた。十兵衛の葦毛ははじめてひとを乗せたやつだし、金吾が乗っているのも似たり寄ったりの駄馬だ。

やむなく歩度を緩め、ふたり並んだ。

「蝦夷も変わったもんだ。こんな道ができるとは思いもしなかった」

「開拓使がしゃかりきになって切り開いてるからな。札幌と小樽の間には、こないだ鉄道も通ったそうだ。鉄道の駅、札幌で見なかったか。移住者はどんどん内地からやって来てる。遠からず、そこらじゅうにぎやかな村になるだろう」

「アイヌの住むところはなくなるな」

「そうか。奥さん、アイヌだったたな」

金吾はちら、と横目を使った。が、何も言わないうちに、十兵衛が話を変えた。

「公爵というのは何者だ。何日か前、鷲路に向かった賞金稼ぎがいると言ったろう」

「あんた知らなかったか。やつが行くところ死を招く、てんで〝死の公爵〟。元は長州の上級武士で、高杉の奇兵隊にいたという話だが、詳しいことはよくわからん。五稜郭の残党狩りで、名を知られた」

「名前は」

「北大路……正春とかいった」

「なんで公爵なんだ」

「どっかの落とし胤なんだとよ」

「どこの」

「京の公家さ。天子様に仕える側近が、昔、長州は萩の女に手をつけてできた子だそうだ。七卿落ちを覚えてるか」

　今から十七年前、文久三年のことだ。薩摩、会津など公武合体派が画策した政変で、尊王攘夷派の公卿が失脚し、七人が京都を追われて長州藩へ落ち延びた。

「あの中にいたそうだ、父親が」

「本当なのか」

「本人が言ってるだけだろう。胡散臭い野郎さ」

「腕は立つのか」

「神道無念流の達人だそうだ。小樽では残賊を七人か八人、ひとりで皆殺しにした、という噂も聞いた。事実かどうかはわからんが」

　そのときパン、と枯れ木が割れたような音がした。目の前を風が走り、二頭の馬が驚いて前脚をあげた。銃声だ。銃撃された！

9

鷲路村で、死の公爵と小説家の姿を最初に見かけたのは、女郎のお菊だった。

二階の部屋の掃除をして、たまたま窓を開けると馬車の音がする。外を覗くと、見たこともない馬車が走ってきた。思わず、窓から乗り出した。

「ボンジュール・マドモアゼル」

山高帽に眼鏡をかけた色白の男が、馬車の中から手を振ってきた。お菊にとっては、住んでいる世界が変わったみたいな驚きだった。急いでお梶に知らせに行った。

お梶は商いに忙しかった。まだ千円の金は集まっていない。休む間もなく客を引っぱりこんでいた。一見《いちげん》の客だったが邪険にはしない。済むまで相手をしてやって、お菊の部屋を覗きに来た。

飾りのついた四輪馬車はとっくに窓の下を通過して、影も形もない。

「誰が来たって？」

「あああありゃあ、エゲレスの天子様だ」

「どっちへ行った」

「旅籠の方」

飾りのついた四輪馬車はとうに旅籠の裏庭におさまって、御者がひとり、馬の世話をしていた。死の公爵と小説家は旅籠に荷物を置いて、通りの斜向かいにある食堂で鹿鍋を注文したところだった。

「それとねえさん、熱いのを一本つけてもらおうか」

「お酒は澄んだんだべか、濁ったの」

「きみ、このお方に濁った酒が出せると思うかい」

給仕の女はへえええええ、と新橋の汽笛のような返事をして引っこんだ。店内はほとんどが土間で、太い丸太を縦割りにしたテーブル代わりの縁台が五つ六つ、そのまわりに切り株がいくつも置いてある。

「よき時代だな。真っ昼間から一杯やって、肉が食える」

「昔は薬だと言わないと、肉は喰えませんでしたからね」

公爵は切り株に腰をおろし、相変わらず腰に両刀を差している。いきなり脇差を抜いた。思わず小説家はのけぞった。公爵は脇差で葉巻の吸い口を切り、

「姫路君、火」

弥三郎は片足を持ち上げた。公爵は黄燐マッチを出し、弥三郎の革靴の底でシュッ、とす

って葉巻に火をつけた。

店の隅でそれを見て、給仕の女が目を真ん丸にした。弥三郎はにやりとし、手提げ鞄の中から急いで紙と鉛筆を取り出した。

「おいおい、こんなことまで本に書かんでくれよ」

公爵は上機嫌で叱りつけ、葉巻の煙をぷかり、と吐いた。

昼めしにはだいぶ遅い時間だが、客は何組か入っている。洋装と和装が半々ぐらいか。そばでけたたましい笑い声があがった。

「いやあ、こげんにうまい肉は、はじめて食いもした」

「桐谷どん、南の果てからやってきた甲斐があいもしたなあ」

斜め後ろのテーブルで、鹿肉の鍋をつついているふたり連れの男だ。どちらも身なりは浪人だが、刀は提げていない。士族に猛反発を食らった廃刀令も、四年の間に少しずつ浸透し、今ではこの北の大地でも、表だって刀を持ち歩く者はいなくなった。

弥三郎はちら、と公爵の顔を盗み見た。思った通り、顔つきが一変していた。ひとに公爵と呼ばせるこの男、薩摩の人間を毛嫌いしている。

「おねえさん、この店は犬の肉も出しているのかね」

公爵は給仕の女を呼んで、問いただした。

「いいえ」

「出してないか。それはよかった。今、犬の肉を食っているような声がしたんでね。姫路君、君も知っているだろう。世の中には犬の肉を食うやからがいてね。そうそう、薩摩の連中だよ。臭くてかなわん」

食堂の中がしん、と静まり返った。浪人風情のふたり連れは斜め後ろのテーブルで、公爵を睨みつけている。

「姫路君、本に書くときは気をつけてくれよ。薩長、薩長と世間は同列にして言うが、われら長州の者にとっては迷惑千万。犬を食うようないなか者と一緒にされちゃあ、ご先祖様に申し訳が立たぬ」

「薩摩には、しかし示現《じげん》流がありますよ。あれは天下に誇る剣法では？」

弥三郎はたきつけた。こう言えば、公爵がどう出るかはわかっている。

「あんなものは剣法じゃない。ただのまき割りさ。所詮、桂君とは比ぶべくもない」

「桂君――神道無念流免許皆伝、長州藩の桂小五郎さんですね。亡くなって、もう三年ですか。惜しいひとを亡くしたものです」

「彼は天下一の剣豪だった」

「それを言うなら公爵、ここにもひとりいるでしょう、天下一の剣豪が」

「ばか言っちゃあいかん。私など……どっかのまき割りよりは、ましだがね」

「示現流はまきしか割れませんか」

　弥三郎は浪人風情をちらりちらり。

「こないだの大久保殺しを見ても明らかだろう。あの薩摩の御仁、なすすべもなく、斬られた」

「大久保卿暗殺の話ですか。あれは刺客が六人いましたからね。どんな剣豪でも、六人いっぺんにかかってこられては」

　公爵は思わせぶりに、鼻で笑った。弥三郎はえええっ、とおおげさにのけぞった。

「六人相手でも、いけますか」

「きみ、そこらのまき割りとちがって、神道無念流は――」

「そこん者、おもしろかコツ言うほいならか」

　斜め後ろのテーブルで、ついに、浪人風情がひとり立ち上がった。さっき桐谷どん、と呼ばれた男だ。もうひとりが「おい」と着物の袖を引いた。

「おや。いるもんだねえ、こんなところにも薩摩が。大久保某といい、西郷某といい、薩摩には身勝手なやつばかりいて困るよ。おのれが大将になって旗振りをしたいばっかりに、国を騒がせる。ここ北海道では黒田某か、開拓の利権を独り占めして、えらく儲けているそうじゃないか」

「もう一度《いつど》、言《ゆ》てみろ」

桐谷はバン、とテーブルを叩いた。顔を赤くし、両手を小刻みに震わせている。

「ちょいと済まんね、おねえさん」

店の隅でかたまっていた給仕女が、おそるおそるそばへやってきた。公爵は腰の大刀を鞘ごと抜くと、給仕女のお盆に載せて、

「あちらに」

と、突っ立っている浪人風情を指し示した。給仕女はわけがわからないまま、大刀の載ったお盆を桐谷の元へ運んだ。

「薩摩の浪人君、まきしか割れないいんなら、返してくれ」

桐谷は震える手で大刀をつかんだ。もうひとりの浪人風情が青ざめ、店中の者が硬直し、

「おおお表ぇ出れ！」

弥三郎がひとりほくそ笑んだ。

昔なら、銃撃だとわかる前から体が反応しただろう。だが、長いブランクがあった。十一年に及ぶ農夫暮らしが、ひと斬り十兵衛を、あの錆だらけの刀と同じにしていた。

銃撃だとわかるのに二秒。馬をおりて、そばの岩陰に身を伏せるのに五秒かかった。

「おれたちを狙ったのか」

「さあな」

金吾の方はもう少し動きがすばやかった。すでに身を伏せ、ライフルを構えている。いつでも撃てる体勢で、左右に目を配った。

札幌から旭川を経由して東蝦夷の奥へ、内陸を行く街道はアップダウンが多く、曲がりくねっていた。原生林や湿原や、立ちはだかる丘陵の真っただ中に、車馬が通れる道を真っ直ぐ切り開くのは容易ではない。だからやむなく迂回して、丘を避け、沢をよけ、なるべく低い谷を下り、できるだけ緩い勾配を上り、北の大地の大自然にひたすら平身低頭しているような道だった。

銃声がふたりの行く手を遮ったのは、湿原を抜けて、低い谷間に入ったときだった。両側は岩だらけの低い丘で、道幅は馬車がやっと通れるくらいしかない。

「どこから撃ってきた」

「あそこだ」

やがて金吾が、左手前方にある丘の上を指差した。馬の尻くらいの大きさの岩がごろごろしている中に、ひとの姿が見え隠れする。

「何人だ。見てくれ。ちょっと目がかすんでる」

「ひとりかな。ひとりみたいだ」

そんなことはないだろう。いくらばかでも、ひとりで襲ってくることはない。だが、ほかにはいない、と金吾は言う。ひとりだぜ。

十兵衛はまさか、と岩陰から顔を出した。くそ。目まで錆びついてやがる。よく見えない。しかめっ面で目を凝らした。

「あの野郎」

と、声が出た。岩の上に、西洋帽子が半分はみ出しているのが見える。メリケンの牧童が被っているというあの帽子――テンガロンハットだ。

「あの若造だ。昨夜、札幌のビーヤホールでひっくり返ったやつがいただろう」

また一発、二発と銃声が鳴った。青いシャツを着た腕が、拳銃を握って岩陰から突き出している。

「あいつがなんでおれたちを狙う」

「狙いはあれさ。おれたちじゃない」

十兵衛は右手前方を指差した。丘のてっぺんの岩に、酒のとっくりが三本、間隔を空けて立ててある。テンガロンハットの若者は、そのとっくりを狙って撃っていた。

「何やってんだ、あのガキは」

「おれたちに、銃が撃てるってところを見せてるのさ」

「銃は撃たない方がいい、としか見えないぜ」

金吾の言うとおりだった。若者はさらに二発、三発と撃ったが、当たらない。ちっくしょう！　という声がして静かになった。そこで拳銃に装弾したのだろう。再び狂ったように撃ちだして、やっと一本、とっくりが割れて吹っ飛んだ。

「十兵衛のおっさんよう」

岩の向こうから声がした。

「おれは五人殺してるんだぜ！」

「そうか。お前は誰だ。姿を見せろ」

十兵衛は立ち上がって、街道に出た。左手の丘の上で、若者が岩陰から姿を現した。

「おれは五郎だ。沢田五郎」

「おれたちは道を急いでいる。用があるんなら早く言え」

「おっさん、鷲路へ行ってふたりを殺るんだろ。そんな老いぼれより、おれの方がいい相棒になるぜ」

「老いぼれとはおれのことか」

金吾がライフルを提げ、のそりと街道に出てきた。

「爺さんは腰痛で、ろくすっぽ馬にも乗れねえんだろ。山へ行って柴でも刈りな。なあ十兵衛のおっさんよ、おれを連れていけ。その方が役に立つ」

「ガキとは組まない」

「ガキだとお!?」

五郎はまた拳銃を空に向かって乱射した。

「おれにはこいつがあるんだぜ。小樽の屯田兵からいただいたんだ。弾丸もたっぷりあらあ」

「おい小僧、銃はこうやって撃つんだ」

金吾がライフルを構え、二発撃った。右手の丘のてっぺんに立っていたとっくりが二本、木っ端みじんに割れ散った。金吾はライフルの向きを変え、もう二発撃った。五郎の足許にある岩が割れ、パッと粉じんをまいた。

まるで蛇でも踏んだみたいに、五郎は叫んですっ飛んだ。岩で頭でも打ったのかも知れない。

五郎は倒れたまんま動かなくなった。

鷺路の目抜き通りで、弥三郎は眼鏡を顔に押しつけた。言い知れぬ喜悦で、背筋に鳥肌が立っていた。

十三で物書きを志してから二十年、この男はまだひとが斬られる場面を見たことがない。血のにおいを嗅いだこともない。何ひとつ見逃すまい、と固唾《かたず》をのんだ。

食堂の前の通りには、息詰まる沈黙がたちこめていた。動くものはない。音もない。桐谷は大刀を提げ、右手を柄にかけていた。だが、抜かない。抜いて、動けば、どうなるか知っている。その緊張で強張って、顔面は蒼白だった。すでに死んで三日経った男のように血の気がない。

死の公爵はその前にぶらりと立っていた。黒羽二重の羽織は脱いで、腰に脇差を一本、悠然と葉巻をくゆらせている。桐谷の手許を見ていたが、こちらも動こうとしない。何かを待っているようにも見える。もしそうだとしたら、見物人か。

遠巻きにした見物人の数は、少しずつ増えて今や三十二、三。食堂にいた客はもちろん、給仕、給仕女、奥から出てきた料理人、旅籠の泊り客、通りかかった村の者、秋山楼の矢場から駆けつけてきたお梶とお菊の姿もある。みな寂として、声もない。

その様子をちら、と見て、公爵は脇差の鯉口を切った。

「こうしていても埒が明かん。こちらから行こうか」

脇差の鐔に手をかけて、すたすた桐谷に近づいた。葉巻はくわえたままだ。桐谷がちごお！　ちごお！　と声をあげ、大刀を抜こうとした。体がわななき、手が震え、うまく抜けない。その目前に、公爵が迫った。

「ちごおおお！」

と叫んだ瞬間、公爵の脇差が一閃した。

桐谷の帯が斬られて下に落ち、着物が胸の前でふたつに割れた。桐谷は腰を抜かし、あー、あー、と叫んで転げまわった。だがよく見ると、血は流れていない。脇差が斬ったのは帯だけだ。

桐谷はやっと気づき、飛び出しそうな目で自分の体を見た。大刀は持ったまま、抜いてもいない。

「刀、抜いたことがないのか」

「いいや抜けん！　こや抜けん！」

「そう震えていては、無理もない」

見物人がどっと笑った。

「情けない。殺す価値もないいな」

公爵が脇差を鞘に納めると、見物人が一斉に安堵の息をついた。中でひとり、弥三郎は不満たらたらだった。斬れよ！　何のために抜いたんだ。

だが顔には出さず、拍手をしながら歩み寄った。

「いやあお見事。さすが公爵ですなあ」

もうひとり、見物人の中から小走りに歩み寄った男がいた。桐谷の連れの浪人風情だ。桐谷の手から大刀をもぎ取ると、公爵に向かって恭しい手つきで差し出した。

「お見それしもした」

弥三郎がわがことのようにふんぞりかえり、その大刀を受け取った。ついでに調子に乗って、抜こうとした。そしてあれ、と首をひねった。刀の鯉口が切れない。むろん抜けない。

公爵が横からさっと取り上げ、腰に差した。

「戻ろうか。遊んだあとは、肉がうまい」

弥三郎はへいへい、と揉み手をした。こうやって村中の注目を集め、その上本場のエゾ鹿の肉ときてはこたえられない。

「とんだお疲れ様でございました。手前、この食堂の主人・井木と申します。ご挨拶が遅れて相済みません。お酒と鍋の用意が整っております。どうぞ、中へ。どうぞどうぞ」

食堂の主人が頭を低くして現われ、それだけ言う間に三十回くらいぺこぺこして、ふたりを食堂へ連れていこうとした。それを呼び止めた者がいる。

「そこのふたり、刀を寄越しなさい。警察署で預かる決まりだ」

濃紺の制服を着た巡査だった。村の木戸にいた三人よりは年嵩で、制服も態度も多少板についている。腰には警棒でなく、サーベルも提げている。

弥三郎は上目使いに、公爵の顔色をうかがった。

「お役目ご苦労さん。だが、われわれは丸腰だよ」

伊藤一等巡査はむっとなった。

「第一ね、きみ、私が物騒な人間に見えるかね」

「どんな人間だろうと、刀を見たら預かるのが決まりだ」

「刀を見たら、って話だろう」

伊藤巡査はへの字の口で、指を一本、公爵の腰につきつけた。だが、公爵は薄ら笑い、ぷかりと葉巻の煙を吐いた。

「何も見なかった。そう報告しておけばいい」

10

「ふざけやがって！　警察官をなんだと思ってる」

伊藤巡査は鍵のかかった武器庫を開け、ライフルを四丁取り出した。

これは官給品ではない。昔、残賊の討伐隊が使っていたものを、署長の大石が半ば公然とかっぱらったのだ。本人にそう聞いた。さっき鍵を渡されたときは驚いた。いっぺん見せてもらったことはあるが、武器庫から出して、職務に使用するのははじめてだ。

「お前たち、使い方はわかってるか」

三人の新米巡査は、はじめて手にしたライフルに歓声をあげた。かっこえなあ。なして弾丸だばこめるんだ？　撃つどきゃこれか。あぶねべさ。そっちさ向けろ。おらの顔に向けるんだばね！　これなら熊でもいちころだべな。連発か？　そやなんのこっだ。おめ、ばかか。メリケンのだば連発がきくべ。伊藤一等巡査殿、これだば連発の鉄砲だべか？

「これはスナイドル銃といって、連発はきかん。だが、エゲレスの軍隊が正式に採用している優秀な銃だ。弾丸の込め方、撃ち方を教える。これが弾丸だ。ボクサー式の実包だからめったに暴発はしない。だが扱いには気をつけろ。まず銃の尾栓を開け」

伊藤巡査は自分の銃でお手本を見せながら、三人にライフルの扱いを教えた。

「撃つときはいいか、暗夜に霜の降る如く、だ。わかったらもういっぺん自分たちで復習しろ。肝心なのは弾丸込めだ。もたもたしていると、斬られるぞ」

三人は夢中になって弾丸込めの練習をした。

「もし斬られるんなら、おらは暑い日がええな。しばれるど、痛い」

「斬られるんなら、おらは背中がええな。腹には、はらわだが詰まってる」

「斬られるんなら、川ど海だばいやだな。おら泳《ぬ》げねんだ」

「お前ら三人、みんないっぺん斬られてこい。少しは頭がましになる。準備はいいか」

伊藤巡査は警察署の壁にかかっている時計を見た。

「おい平田、署長は何をしてるんだ」

「今、ひとりで家の屋根を打っておられまして」

「わかっとる。だからなぜ来ない」

「それが先刻、屋根を打ちよらんで、黙ってひとり、怖ろしい顔で建ちかけの家を睨んでおられまして。おらが行くと、おもむろに、おらにお訊ねになったです」

「お前に訊いた？　何を」

「おい平田、正直に言え。この家の柱、ちょっくら傾いてやしないか――と」

伊藤巡査は警戒した。「まさかお前……」

「言わね言わね。正直者はばかを見るって、それくらいおらだって知ってるべ」

「柱は真っ直ぐ立っております。そう答えたんだな」

「署長なら、警察ばやめても大工で食っていけるだばんで、と」

「たまげたな。そこまで言うか。こいつ見かけに寄らぬおべっか野郎だな。それで署長の反応は？」

「途端にえらくご機嫌のお顔になって、建ちかけの家に見とれておられました。今もひっ傾いた家に見とれておられるんじゃないでしょうか」

「おれたちに何か指示は？」

「ありましねえ」

三人の巡査は互いに顔色を読み合った。

「署長だば、怖気づいたんでねべか」

「まさか。強面の署長だぞ」

「それなら、なして来ね」

「ほんまに署長、強面か。見かけ倒しってこどもあるぞ」

三人は期せずして、ひとつところに視線を集めた。

「伊藤一等巡査殿、署長がならず者どやりあったのば、見たこどがありますか」

「ない。話には聞いた。威勢のいい話はずいぶん本人に聞かされた。耳タコだ。だが、大石が実際にならず者をぶちのめした、という場面は一度も見たことがない。

ことによるとあの署長、口だけではないか。体がでかくて、強面に見えるだけではないのか？

「あいつ刀を二本差して、強そうだんずよな」

「公爵だべ？」

「六人いっぺんにかかってきても、平気だと」

「おら暑い日も、斬られるのだばいやだ」

「背中もいやだ」

「山でもいやだ」

「ばかもん！　お前たちにライフルを持たせたのは何のためだ」

伊藤一等巡査は決然とライフルを頭上に突き上げた。

「行くぞ。あの気障《きざ》な野郎どもをふん縛って、牢にぶちこむ」


死の公爵と小説家は、食堂で鹿肉の鍋をつついていた。

ふたりの様子は対照的だった。公爵はひらり、ひらりと蝶が舞うように鹿肉を拾い、その合間に悠然と葉巻をふかす。小説家の方は舌を鳴らし、鼻をすすり、せかせかと鍋をつついて鹿の肉を口に放りこむ。おまけにズルズル、ぐちゃぐちゃ音を立てる。

「これは失礼ながら私から。お疲れ休めにどうぞ」

店の主人は、陶器のジョッキに入った麦酒をふたりのテーブルに運ばせ、それからそばにつきっきりだった。公爵はもっぱら熱燗だが、小説家は麦酒をグビグビ喉に流しこんだ。

「さっきの浪人風情、ちごお！　ちごおお！　と叫んでおりましたが。何を言いたかったんでしょうね、公爵」

「自分でもわかっておらなんだろう。恐怖にとりつかれると、人間あんなものさ」

「実はひやひやしておりました。あの者、失禁でもするのではあるまいかと」

「ひとに必要なのは、一に威厳、二に威厳。三、四がなくて、五に威厳」

「公爵がおっしゃると、万巻の書より説得力がありますなあ」

公爵は顔には出さず、得意満面だった。小説家は顔で花火をあげながら、追従たらたらだった。店の主人は、蓮の池のほとりで釈迦の説教でも聞いている罪人のように、ただありがたく頷いている。

「ご主人はご存じかな。物書きの世界に〝一語説〟というものがありましてな。ひとつのものを適確に表現する言葉はこの世にたったひとつしかない、という。物書きはみな、その〝一語〟を見つけるために命を削っているわけであるが。

小生、公爵にお会いしてから、必死にそれを捜しておったのですよ。このお方を適確に表現する唯一の語とはいったい何か。見つかりましたよ、たった今。その〝一語〟こそ、威厳ですな」

「ばか言っちゃあいかんよ、姫路君。世の中には、この私など足許にも及ばぬ威厳の持ち主がおられる」

弥三郎はええええっ、とのけぞった。

「わからんか。都の天子様だよ」

「あ」

「長年、敵の刀や砲弾の下をかいくぐってきた私でさえ、天皇にお目にかかったときは膝が震えたものさ」

通りに面したガラス扉がそっと開き、客がひとり、何も言わずに入ってきた。ソフト帽を被り、ツイードの洋服を着た大きな男で、腰に大刀を一本差している。窓際のテーブルに行って、切り株に腰を下ろした。

三人とも話に夢中で気がつかない。

「メリケンでは大統領が暗殺されたそうじゃないか、姫路君」

「さようです。十五年ほど前になりましょうか。第十六代大統領エイブラハム・リンカーンが、劇場で芝居を見ている最中に射殺されるという事件がありました」

「野蛮な国だと思わんかね。この国でそんなことはありえないよ。ことに今上天皇には。たとえ暗殺者が現れたとしても、陛下に銃を向けた途端、手が震えだす。けちな殺意など吹き飛ばされてしまう。つまり打たれるんだ、畏怖の念に。陛下にはそのような威厳がおありなのだ」

「新政府の蜜にたかる権力の亡者たちとはちがいますな」

「その通りだ。維新の志士だか英傑だか知らんが、私に言わせればただの成り上がり者だよ。畏《かしこ》き辺りとは血筋がちがう。いやだね、生まれの卑しい者たちは」

「そこへ行くと、公爵のお生まれは――」

「きみ、それは書いてもらっちゃあ困るよ。言ったよね。ふふ」

公爵は葉巻を消し、黒羽二重の羽織を手にして立ち上がった。

「そろそろ行こうか、姫路君」

「釣りはとっておきな」

弥三郎は紙幣をテーブルに放り投げた。この男、虎の威を借りると怖いものがない。

「ご亭主、なかなかうまい肉だったよ。ご馳走様。さて、お梶という女子《おなご》には、どこへ行けば会えるかね」

「表の目抜き通りを東へ半町ほど行ったところに、秋山楼という酒場があります。そこで、矢場で遊びたい、とおっしゃれば」

「矢場？」

「二階にございます」

「弓矢遊びなどしたくもないが」

「ご心配なく。弓も矢も置いてありませんから」

「なるほどなるほど」

公爵は含み笑いを残し、小説家を従えて食堂を出た。

薄れゆくクラリネットの音のように陽が傾き、冷え冷えとした風が木を揺らした。枯れ葉は連弾のような音を立て、ひっきりなしに舞い散った。北の大地の短い秋は、今や瀕死の重病人だ。

「これはこれは。誰かと思えば北大路殿。このような北の果てまで、わざわざ女郎を買いにおいでですか」

羽織の袖に手を通し、黄昏の色に染まった目抜き通りに踏み出したとき、後ろから声がした。公爵はさりげなく足をとめ、振り向いた。

大きな男が、食堂のガラス扉の前に立っていた。ソフト帽にツイードのスーツ、幅広のネクタイ、大刀を一本左手に提げ、黒革の長靴で雪よけのポーチを踏んでいる。

「どこかで見た顔だな」

公爵は目を細め、そしてまたたいた。

「驚いた。昔、討伐隊にいた若僧だろう。てっきり死んだと思っていたよ。噂では、酔ったはずみに馬から落ちて、首の骨を折ったとか」

「そういえば、手首を痛めた部下がいたな。おれじゃない」

「おぬし、ひげは似あわんよ。剃った方がいい。心置きなくスープが飲める」

「スープは好きじゃないんでね」

「再会したのは喜ばしいが。こんな荒野で、何をしてる」

「戸長と警察署長を兼務している」

「思い出した。おぬし、大石と言ったな」

村の木戸の高札に書いてあった名前だ。大石一蔵。

「なるほど。どうやらつけがまわったようだな、大石君。残賊の討伐にかこつけて、やりたい放題やっていたつけさ。あっちこっちで恨まれて、とうとう最果ての荒野に飛ばされたか。それで鷲路の戸長兼警察署長殿、われわれに何の用だ」

四人の巡査が駆けつけ、公爵と小説家を取り囲んでライフルを構えた。

「おやおや。これは豪勢なお出迎えだな」

公爵は余裕綽々だが、小説家は銃口を突きつけられて、生唾を呑んだ。通行人が足をとめ、たちまちひとが集まってきた。大石は食堂の雪よけポーチから通りに踏み出し、ふたりの前に歩み寄った。

「そいつは」

「姫路弥三郎だ」と公爵。

「しゃれたもんかけてるじゃねえか。東京じゃ、そんなもんまで作ってるのか」

「め、め眼鏡のことですか。舶来です、これ。エゲレス製」

「金持ちなんだな。鉄道会社の人間か」

「い、いえ。物書きです」

「手紙でも書くのか」

「ほ、本です」

「小説家だよ。私のことを、小説に書きたいと言ってな」

小説家は手提げ鞄を開けて、中から何か取り出そうとした。その手を、すかさず大石の大刀が打ち据えた。手から鞄が跳ね飛んで、弥三郎は腰を抜かした。頭の中で竜巻が起こり、斬られた！　斬られた！　と絶叫した。しかし血は出ていない。

見ると、大石の刀には鞘がついている。

ほっとした途端、どこかが緩んだ。じわりと股を濡らした嫌な感覚に、弥三郎は顔をしかめた。麦酒のせいだ。だからさっき、食堂を出る前、厠に行こうとしたのだ。

「おいおい乱暴だな、ずいぶん」

公爵は余裕を見せようとした。だが、いくぶん表情が硬い。

「伊藤。鞄の中を調べろ」

伊藤巡査がいったんライフルをおろし、跳ね飛んだ鞄を調べにいった。

「その辺、踏むんじゃないぜ。湿ってるところ。小便だ」

「武器は入ってません」

「ほ、ほほ本です。本を出そうとしただけで」

「本ってあれか。字の書いてあるやつか。なら小説家殿は、おれが村の木戸に立てた高札が読めるわけだ。お前ら、このおふたりに、ちゃんとおれの高札をお見せしたか」

「お見せしました」

「なら、刀も銃も、お持ちではないな」

三人の巡査は顔を見合わせ、一斉に公爵を指差した。

「そこのお方が、われわれは丸腰だ、と」

大石はゴキッと首の骨を鳴らし、公爵の顔を見た。

「本当に丸腰ですかな、北大路殿」

公爵の顔が強張った。大小二本の刀は、もちろん羽織の裾から外にはみ出している。前に回れば、二本の刀の柄が見える。

「いや、見ての通りだが。しかし、抜かなければ構わんだろう」

「刀は預かる決まりだ」

「刀は武士の魂だぞ」

公爵の左手がすっと羽織の中に入った。大石は提げていた大刀を腰に差し、左手で鯉口を切った。腰を抜かしていた弥三郎が、少しでも遠ざかろうとズリッ、ズリズリッと地面を這った。が、ただ這いはしない。上目使いで、ふたりの様子をうかがっている。やるぞ。斬れ斬れ！

まわりは今や黒山のようなひとだかりだった。

ふたりは睨みあって動かない。

「今日は気分がいいんだ。家を建てているんだが、これがうまくいってね。警察をやめても、大工で食っていけるんじゃないかって、みんな言う。実にいい気分だ。このまま気分よく一日を終わりたい。わかるだろ。協力してくれないか」

大石が優しい声を出した。公爵はそれでも真っ向から大石の顔を睨んでいる。

やれ！　斬れ斬れ！　弥三郎は胸の内で絶叫した。

三秒後、公爵はふっ、と笑い、大刀を鞘ごと抜いて前に差し出した。大石が顎をしゃくった。伊藤が駆けより、公爵の刀を大石の手許に運んだ。さながら敵の旗頭でも分捕ったように、大石はその刀を高く掲げた。

「これは何だ。刀じゃないか。お前ら、何をつっ立っている。服を脱げ！」

見まわして、四人の巡査に怒鳴りたてた。

「この男は刀を腰に差していた。それをお前らが村に入れた。お前ら、職務怠慢だ。警察官の制服を着ている資格はない。脱げ脱げ。早く服を脱げ」

三人の新入り巡査は、はじめ何を言われたかわからなかった。わかっても冗談としか思えなかった。この寒空に、しかも衆人環視の中で、服を脱がされるなんてことはありえない。

顔を見合わせてつっ立った。

しかし、伊藤巡査は知っていた。この署長、何を言い出すかわからない。言い出したらあとに引かない。どんな突拍子もないことでも、絶対に逆らうことを許さない。署長の辞書に、理不尽という文字はないのだ。

「お前たち、何をしている。早く脱げ」

言いながら服を脱ぎだした。詰襟の制服の上着を取り、シャツを捨て、ズボンを足から抜いた。それでも三人の新入りは、見ている光景が信じられない、という顔つきで動かない。

大石が大股で近づき、平田の尻を蹴飛ばした。

「お前ら、明日の日の出が見たくねえか」

三人の三等巡査は、脱兎の勢いで服を脱ぎだした。上着をむしり取り、シャツをむしり捨て、どこまで脱げばよいのかと伊藤巡査を見て、真っ青になった。伊藤はもう猿股まで脱いで、ふんどし一丁しか身につけていない。三人もやむなくふんどし姿になり、ガタガタ震えながらライフルを構えた。

「部下にも手落ちがあったようだ。これでは村の者に示しがつかない。よって、しかるべき処分を下した。これで許していただけるかな、北大路殿」

巡査の誰かがくしゃみをした。ひいいっ、と泣きそうな声を呑みこんだやつもいる。

「わかった。もういい。早く服を着せてやれ」

公爵はよろよろ背筋を立てた。誰の目にも、大石の方が一枚上手に見えていることは明らかだった。だが威厳を保つため、公爵は気力をふりしぼった。

「では諸君、これで失敬」

小説家が身を起こし、あわてて公爵に追いすがった。だが、抜けた腰がまだしっかり立っていない。半分は手で地面を這っている。

「おい、ちょっと待て。お前の腰に、もう一本差してあるのは何だ」

公爵はぴたり、と足をとめた。そして長い時間をかけて振り向いた。その間に陽が落ちて、また昇ってきたとしてもおかしくないような時間だった。

「これは刀ではない」

「そうか。なら斬れねえな。見せてくれ。試しにそこの小説家殿の首を斬ってみよう」

小説家は這うのをやめて、上目使いに様子をうかがっていた。が、この瞬間、あわわと横に転がって、通りの隅まで這っていった。

「この物騒な土地に、本気で貴様、丸腰で放り出すつもりか」

「物騒な土地だから、こうして警察が取り締まっている。どうする。そいつを渡すのか」

まわりの見物人の中には、お梶もお菊もいた。なつめは部屋から出てこなかったが、ほかの女たちは矢場から駆けつけていた。みな息をとめて成行きを見守っている。

公爵はやがて羽織のひもをほどき、両手で襟をつまんで前を開いた。怒りと屈辱を包み隠し、粘土でもこねたような顔つきだった。

大石がゆっくり歩み寄り、公爵の腰から小刀を鞘ごと抜き取った。その手を後ろに突き出した。ふんどし姿の伊藤巡査が、ふたりの横に駆け寄った。大石は、公爵の顔を見つめたまま、小刀を伊藤巡査に放った。

「ひげを蓄えて、貴様、大物にでもなったつもりか」

公爵は吐き捨てた。その場を立ち去る捨て台詞のつもりだったろう。

大石は、その顔面を殴りつけた。大きな男が重い腰を入れ、力いっぱい叩きこんだ強烈無比のパンチだった。公爵はまだ描かれていないムンクの「叫び」のような顔になって宙を飛び、一回転して地面に両手をついた。鼻が血を噴き、口から血まみれの歯がこぼれ落ちた。

「いつまで侍気どりでいやがるんだ」

大石は転がった公爵を追いかけ、顔面を蹴った。大きな男の長靴には、銀の角鋲が二列に打たれていた。そのうち四つの角鋲が、公爵の顔に穴を空け、頬を斜めに切り裂いた。公爵は悲鳴をあげ、一回転半して仰向けになった。顔面は血だらけだった。

「おれは侍崩れが大嫌いなんだ」

大石はまた近づいた。

公爵は気配を察し、起き上がろうとあがいた。赤い血が顔から流れ、羽織を濡らし、綿入れの着物に滴った。公爵はむせびながらもがいた。血が目に入り、ものが見えない。起き上がれない。

大石は近づいて、蹴った。

唸り声を立てて、蹴った。

吠えながら、蹴った。

荒野に赤くほのめくアマリリスのように、公爵はそのたびに血をふりまいた。涙を流し、よだれを垂らし、逃れようと悶えた。頭を抱え、腹をおさえ、海老のように体を折った。泣き叫んで身を守ろうとした。それも長くは続かなかった。血と汗と土埃にまみれ、公爵はうずくまって動かなくなった。悲鳴もすすり泣きも聞こえなくなった。

大きな男の長靴が、羽織と綿入れの着物にくるまれた肉のかたまりにぶつかる鈍い音だけが、しばらく続いた。

その音がやむと、まるで大音響のような沈黙が、あたり一帯にたちこめた。見物人はみな下を向き、目をそらせ、すでに誰ひとりとして正視している者はいなかった。

大石は大きく肩で息をして、道に転がったソフト帽を拾いにいった。

「おれが何をやったかわかるか。宣伝だ。北海道のごろつきどもに、見せつけてやった。思い知らせてやったのだ」

見物人を見まわし、キュラソウの紅い帆のように拳を高く振り上げた。

「賞金稼ぎのごろつきども！　みんなよく聞け。賞金なんかどこにもないぞ。あったとしても、おれが許さん。欲しがるやつはこの通りだ。こいつと同じ目に遭わせてやる！」

11

山の紅葉黄葉が色褪せ、モノクロームの湿原がどこまでも続くこの季節、野営に焚き火は欠かせない。火を焚けば、オオカミも熊も近寄ってこない。が、その反面、今のふたりにとって面倒なもの——警察や山賊を引き寄せることもある。

だから野営する場所は慎重に選んだ。丘陵の陰で、林にはさまれ、四方からなるべく見通しの悪い場所だ。

「なあ十兵衛、子供を持つってのはどんな気分だ」

また一本枯れた枝を火にくべて、金吾が口を開いた。

「藪から棒だな」

「おかしいか」

「誰に訊かれてもおかしくないが、あんたは別だ」

「おれだって若い頃は、女に惚れられたこともあるんだぜ。あんたの子供だったら欲しいわね、とか言われてよ」

「若い頃の話だろ。金吾、いくつになった」

「歳なんか関係ないさ。勃てばいい。こう見えても、おれはまだびんびんだぜ。相手によるが」

「あんたをびんびんにさせる女が、また現れたみたいだな」

十兵衛は声なく笑い、金吾も声を立てずに笑い返した。

「賞金稼ぎは、その女のためか」

「まあな」

「その女と所帯を持って、子供を作ろうってか」

「うまくいけばの話さ」

「どこの女だ」

「小樽のメリケン酒場で女給をやってる。元々は新橋で芸者をやっていた。何かあって、しようがなく流れてきたみたいだな。まあみんなそうだが。女は東京に帰りたがっている」

「金のかかりそうな女だな。賞金は、ふたりで割ると五百円だぞ。足りるのか。東京は物価が高いだろう」

金吾は少し考え、腰をあげた。

「どうせあんたには話そうと思っていた。だが、ひとには言うなよ」

背嚢の中から取り出したのは、こぶしくらいの真っ黒な石だった。焚き火の炎に照らされるとキラキラ光る。

「黒いダイヤだ」

「石炭か」

「汽車も船も、こいつがなけりゃ動かない。これからは石炭の時代だ。石炭の山を見つければ、大判小判がザックザクって寸法さ。

おれは長いこと石炭の埋まっている土地を捜して、北海道じゅうを回ってきた。そしてある場所に目をつけた。だが、掘って石炭を見つけるには軍資金がいる。賞金は、その軍資金ってわけさ。十兵衛、ふたりでひと山当てないか。石炭さえ掘り当てれば一万、二万という金が手に入る」

「夢のような話だな」

「どうした。気乗りのしない顔をして」

「実感がわかないだけさ。長いこと、十銭二十銭の金で苦労してきた。おれには五百円が夢の夢だ」

「おれに任せて、ひと口乗れよ。きっと何もかもうまくいく。まずは鷲路のふたりを片づけないと」

金吾は黒いダイヤのように目を輝かせ、ライフルの手入れをはじめた。その銃で、昼間、金吾は弾丸の装塡をしないまま続けて四発撃った。連発銃だ。

「官軍が、昔、二股口で使ったのはその銃か」

「あれはスペンサーライフルだ。メリケンの内戦で、南軍の兵士が使っていた。これは北軍が使ったやつで、ヘンリーライフル。どっちも元込め式の連発銃だが、こいつはスペンサー銃より口径が小さい。その分、装弾数が多い。チューブ式の弾倉で、弾丸は十六発入る」

「それが連発できるのか」

「日曜日に装塡すればまるまる一週間は撃てる、というのが売り文句だそうだ」

金吾はゆるゆる笑い、ライフルを寄こした。

五稜郭に立てこもったときに支給されたのは、先込め式のミニエーライフルで、単発だった。元込め式に改造されたミニエー銃を支給された者もいたが、やはり単発だった。連発銃を手にしたのははじめてだ。

「銃身が二本あるのか」

そう見える。引き金のついた機関部から、上下二本の銃身が突き出しているように。だが、

「銃身は上の筒だけだ、と金吾は言う。

「銃身のように見える下の筒がチューブ・マガジンだ。この中に弾薬が入っている。このレバーを下げると空薬莢が上から飛び出し、レバーを戻すと、次の弾薬が薬室に入る。熟練すれば、三十秒で十六発撃てる」

「命中精度は？」

金吾は顔の半分で笑った。

「悪そうだな」

「狙いが確かなら、初弾は当たる。だが、二発目が当たる確率は五分の四、三発目は五分の三……撃てば撃つほど、命中率は下がる。問題はチューブ・マガジンに装弾してある弾丸数なんだ。撃って一発減るたびに、銃の重心の移動が起きる。照準が微妙にずれる。銃口を出るときは一ミリのずれでも、三十メートル先では三メートル、五十メートル先では五メートルのずれになる。二発目からは、まず当たらんだろう」

だが金吾は、昼間、四発撃ってことごとく命中させた。ちら、と顔を見ると、またゆるゆると笑った。

「おれは一発ずつ、ずれを計算して撃つ」

「名人仕様だな。こんな銃をどこで手に入れた」

「小樽のメリケン酒場だ。賞金で石炭を掘り当てて、お前にこの世の極楽を教えてやる。そう言ったら、女がおれにくれた。メリケン人の鉄道技師からかっぱらったそうだ。わかったろ」

「何が」

「女がおれに惚れてるってこと――」

近くの茂みがガサッと音を立てた。十兵衛は腰を浮かせ、大刀を手許に引き寄せた。金吾

見える。

も口を閉じてライフルを構えた。

月は隠れ、星もない。焚き火の明かりが届かない先は真っ暗闇だ。この世ではないように見える。

だが、そこから現れたのは気の抜けた現実だった。

「用心が悪いな、こんなところで火を焚いて。一里四方に丸見えだ」

テンガロンハットの若僧が、酒瓶を片手にふらりふらりと歩いてきた。

「飲むか」

焚き火のそばにぺたんと坐り、酒瓶をこっちへ突き出した。

「またお前か。なあ小僧」

「五郎だよ。沢田五郎だ。そう言ったろ」

「おれも言ったな。ガキとは組まない。諦めて家に帰れ」

「わかんねえおっさんだな」

「いや、わかってる。昼間、お前も見ただろう。この男はライフルの名人だ。おれの知る限り、銃を持たせてこの男に敵う者はいない」

「じゃあどうやって鷲路へ行く。どうやって鷲路から帰る」

「何を言ってるんだかわからんな。馬がいるし、道がある」

「このまま街道を行くと、鷲路まで四日かかる。爺さんたちの馬じゃあ、早くて五日。その間に、誰かに先を越されちまったらどうする。たとえふたりを殺って、賞金を手に入れたとしても、そのあとどうやって逃げる。賞金稼ぎは法破りだ。お上は面子をかけて追ってくるぜ。街道には駅逓所がいくつもある。電信で知らせがいけば、警察はそこらじゅうに非常線を敷いて、あんたらを待ち伏せする。逃げられると思うのか」

「デンシンってなんだ」

「だから爺さんふたりじゃ駄目だと言ってる」

これは五郎のはったりだった。

電信をこの国に持ちこんだのは、黒船でやってきたペリーだ。実験も成功し、幕府の要人は「千里鏡」と仰天した。だが、この通信手段が世に出るには、それから十五年の歳月が必要だった。はじめて電信が開通したのは東京・横浜間で、明治二年のことだった。

北海道では明治七年、札幌と小樽の間に電信が開通した。それからも電信線は各地へ伸ばされていたが、まだこの荒野、鷲路までは来ていない。

だが十兵衛も金吾も、電信そのものをまだ知らない。

「それで小僧、お前と組むとどうなる」

「ここから一日半で鷲路に着ける。賞金を手にしたら、三日以内に札幌まで帰りつける。その間一切ドンパチなしだ。警察がどこに非常線を張ろうと、絶対にひっかからない」

「なぜそんなことができる」

「行きも帰りも、お上が作った街道は通らない。お上が知らない抜け道を歩く。街道よりずっと近い山の中の間道だ。アイヌが狩りに使うだけで、地図にも載っていない。警察なんか絶対に入ってこない」

「山の中で迷ったら、死ぬぞ」

「おれは地理に詳しい。この辺は自分の家の庭みたいなもんだ。迷うかよ」

「もし本当だとしたら、悪くない話だが」

それまでふたりのやりとりを黙って聞いていた金吾が、口を開いた。

「小僧、お前の話が本当だと証明できるか」

「明日おれについてくれば、すぐわかるさ。半日で、山をひとつ越える」

「お前の方の条件は？」

「鉄砲撃ちの爺さんに外れてくれ、なんて言わないよ。三人で行って、三人で帰る。賞金は三人で山分けだ。きっちり三つに分けてくれ。もうひとつ。おれは五郎だ。小僧と呼ぶのはやめてくれ」

金吾は頷き、十兵衛に目を移した。

「あんたが決めろ、十兵衛。おれはどっちでもいい」

その頃鷲路村では、姫路弥三郎が戸長役場の牢部屋で、牢格子に抱きついていた。この小説家、怖気をふるうほど嫌なものがこの世にふたつある。蛇と牢屋だ。これがふたつ揃いでもしたら、呼吸困難に陥る。

幸い、牢の中に蛇はいなかった。だが、これならガラガラ蛇の方がましではないか、というものがいた。なぜといって、そいつはひっきりなしに呻くのだ。今にも息が絶えそうな声で。

公爵は血と汗と土埃にまみれ、牢の奥の壁際に、ぼろ布のように横たわっていた。

そばへ寄るのもおぞましく、弥三郎はそこからいちばん遠いところにある牢格子にしがみついた。そして耳をふさぎ、目を閉じて、ひたすら自分の不運を呪っていた。

どうしてこんな羽目になったのか。今となっては作品を誉め、本の出版を勧めてくれた出版社の社長がうらめしい。

「夜の如く静かであった死の公爵、疾風の如く飛ぶよと見れば、妖刀村雲を光の如く一閃したのでありました」

牢格子の外は看守部屋で、広さは牢の三倍くらいある。そこにランプを灯した机がひとつ。署長の大石がひとり机に向かい、葉巻をくゆらせ、雑誌を開いて読んでいる。葉巻は公爵のポケットから出し、雑誌は弥三郎の手提げ鞄から出した。

「わずかに一歩を踏み出した残賊は、この公爵の神業に刀をふるう間もなく、パッと雪を血に染めました。嗚呼、あわれ五稜郭の残賊よ――何だ、これ」

大石は前のページをめくって、題名を読んだ。

「死の公爵殺法帖／小樽の女よ皆殺し　姫路弥三郎」

こっちを見た。

「これ、お前が書いた小説か」

「は、はい」と弥三郎。

「む、むむ昔、五稜郭の残賊がお、おおおぜい小樽で討たれましたよね。その実話を元にした短編小説なんですが、ひ、ひ評判がよかったんです。東京のい、いい一流出版社の社長が読んで、この公爵ものを四つか五つまとめて、ほほ本を出したい、と。それで今、に、にに二作目を書こうと思いまして」

「ふうん。死の公爵って、誰のことだ」

「ですからこの、今ここにいらっしゃる、こちらのお方のことですが」

「北大路正春殿のことか。こいつがイモ公爵だって？」

「いえ、『死』です。死の公爵」

「出世したなあ。イモ侍が、今やイモ公爵か。だったら牢屋じゃなくて、地面に穴を掘って埋めてやろうか。サオ出しとけば種イモになるんだろ。春になったら地面の中でごろごろ増えてるんじゃねえか」

弥三郎はうふっ、と笑いかけ、危うく口を引き結んだ。

「妖刀を片手にイモ公爵、飛びこんで斬って飛び抜ける、また飛びこんで斬って飛び抜ける、そのたびに残賊がひとり、またひとりと倒れていくのでありました。嗚呼、イモ公爵の、鬼神も避けがたき太刀先よ——お前、『嗚呼』が多すぎねえか」

「い、いやいやそれは、読み手の感動を誘う文章技術のひとつでして」

「またもひとり斬って捨てたイモ公爵、今また小樽の夕陽を背に浴びて、剣は悠然たる下段、地の構えであります。残賊どもといえど、決して人形ではありません。いや命知らずの荒武者ばかり。それが二合と太刀を合わすこともなく、イモ公爵にズンと斬り落とされてしまいます。血に染まって倒れた残賊は、またたくうちに七、八人。嗚呼、あまりにすごいイモ公爵の——見ろ、また『嗚呼』だ。そりゃあ確かにすごいがな、嘘っぱちはいかんのじゃないか、作家先生」

「そ、そこはちゃんと取材して書いてますッ」

「またたくうちに七、八人ってことはないだろう」

「いえ、もも目撃者が証言を――」

「唾を飛ばすな。夜は長い。落ち着けよ」

「どうせ小説だから嘘っぱちを書けばいい、というひともいるが、私はそうは思わない。むしろ小説だからこそ、リアールチが必要でしょう。だから私は、常に現場へ行って、しっかり周辺の取材をして、目撃者には片っぱしから話を聞くようにしている。その場面もそうですよ。目撃者の証言をもとにして、書いてます」

「目撃者って、そこのイモ野郎か」

「なにしろ現場におられた当事者ですから」

「お前、刀でひとを斬ったことがあるか。一本の刀で、七人も八人も人間が斬れると思うか」

「あああ。そこ、ついてきましたか」

「人間の体はやわくないぞ。筋肉がみっしり骨を包んで、血と脂がそのまわりを固めている。そんなものを斬ってみろ。いっぺんで刃が欠ける。一本の刀で斬り殺せるのは、せいぜいふたりか三人。それで刀は、ぼろぼろになるか折れるか、どっちかだ。四人は斬れん」

「いるんですよね、そういうとこに、やたらうるさい読み手が。確かにね、読み手の心をつかむために、多少大げさに書くことはありますよ。でも、この場面はちがいます。証言に基づいて、リアールチを追求してます。一枚めくって上の段、終わりの方見てください。そこにあります、作家の魂が書かせた一文が」

大石はページを一枚めくり、上の段の終わりの方に目を走らせた。

「イモ公爵の手にあるのは、世にふたつとない妖刀、いや名刀村雲なのであります。九人斬っても、いまだ刃こぼれひとつせず、抜けば玉散る氷の刃。ひとを斬れば、刀身に帯びた玉の水気がたちまちにして血を洗い流してしまうのでした」

大石は雑誌を放り捨て、公爵から奪った大刀を提げて牢格子の前にやってきた。

「妖刀村雲。抜けば玉散る氷の刃——って、この刀か。抜いてみろ」

大刀の柄を、牢格子の隙間から中に突っ込んできた。弥三郎は思わず身を引いた。

「いいから抜け。お前、リアールチの追求をしたいんだろ。教えてやる」

弥三郎はおそるおそる刀の柄を握り、引いた。が、抜けない。力を入れた。やはり抜けない。あのときと同じだ。食堂の前の通りで、薩摩の浪人風情が拝むようにこの刀を返してきた。ふんぞりかえった弥三郎、受け取った拍子に抜こうとしたが、鯉口も切れなかった。

「何してる」

「ぬ、抜けません」

「抜けない刀があるものか。おや、待てよ。作家先生、ここを見ろ」

大石はさらに刀を格子の中に突き入れてきた。

大刀の鐔には、普通、小さな穴が刀身の左右にひとつずつついている。ひとつは小柄、もうひとつは笄《こうがい》を入れるための穴だ。そこに細い糸が通してあり、抜けないように、柄と鞘とがしっかり結びつけてある。釣り糸だろう。ちょっと見ただけでは目に見えない。

「これでは誰がやっても抜けないわな。作家先生、わかったかい。この刀を敵に渡し、敵が抜けねえ抜けねえと焦ってるうちに、脇差で斬りつける。さっき見たろ。それがイモ野郎のリアールチというやつさ。しっかり追求しろよ」

弥三郎は暗い牢の奥をうかがった。さっきまで壁際に横たわって呻いていた死の公爵は、息をする音も立てていない。死んだのか。それとも大石にリアールチをあばかれ、死んだふりをしているのか。

いずれにしてもあの公爵にはがっかりだ。口先ばっかりで、斬りもしない。おまけにインチキ野郎だったとは。

「でも小樽の一件に関しては、そこに書いた通りでしょう。こ、細かいとこ、多少はちがってるかも知れませんが」

大石はもう一度雑誌を手に取って、ざっと斜めに目を走らせた。

「多少だと？　ぜんぜんちがうよ」

「ぜんぜんってことはないでしょう。私はそこへ取材に行ったんですよ」

「おれはその場にいたんだよ」

弥三郎は絶句した。

「五稜郭の残賊が十一人、小樽の宿で、娘を人質にして立てこもった。それを北大路正春公爵殿が、単身宿に乗りこんで、残賊どもをバッタバッタと斬り倒し、娘を無事に救出した――という話だよな、お前が書いたのは」

「ち、ちがったんですか」

「その日、小樽へやってきた公爵殿は、宿でめしを食った。そして宿の娘にひと目惚れ。だが色よい返事をしてくれぬ。で、その夜、酔っ払って宿の娘に夜這いをかけた」

「えええーっ。夜這いいいいっ？」

「そうしたら先客がいたんだな。宿の娘は、好きな男とまぐわっている真っ最中だった。公爵殿は怒り半分、好色半分、襖の隙間から覗き見をはじめられたわけだ。ふっと気づいた娘の悲鳴。腰を抜かす公爵殿。もっと驚いたのは色男。こいつ、手配中の残賊だったんだな。すわ手入れ、と泡を食い、行灯の灯を消して逃げようとした。相手は丸腰のすっ裸。急に強気になられた公爵殿は、真っ暗闇の中でめっちゃくちゃ刀を振り回し、とうとう男を斬り倒した。灯りをつけると、宿の娘の体にも無数の切り傷がついて、息も絶え絶えのありさまだった。嗚呼、あわれ小樽の女よ」

大石はげらげら笑いだしした。弥三郎は牢の奥に横たわった公爵をちら、と見て、えへらえへら笑い出した。

12

五郎の話は嘘ではなかった。翌日、鷲路へ向かう旅は劇的に様変わりした。

出発したのは、夜がうっすらと明け初《そ》めた頃だった。

街道に戻り、数分馬を進めると、五郎はすぐに消えてしまった。金吾の目にはそう見えた。たった今まで横に並んでいたのに、もういない。戻ってよくよく見ると、街道脇から山の中へ分け入る道があった。ひとが踏み分けたのか、獣がたまたま下草を踏み倒したのか、どっちとも見分けがつかない細道だった。

金吾は馬の首を差し入れた。道は半町も行かないうちに、鬱蒼とした森の中に消えている。どこかに通じているとは思えない。だが五郎は、暗い森の奥へ、どんどん馬を追っていく。

金吾は警戒した。うっかり踏みこむと、道に迷う。地図も磁石も持たず、この北国の山の中で迷ったら、即、死ぬ。あの小僧、やはり信用ならない。ついていったらえらい目をこく。振り向いて、十兵衛に訴えようとした。

十兵衛は道の入り口で馬をおり、何か見ていた。そばの木の枝に藁のようなものがついている。

「何してる」

十兵衛はこっちへ顔を向け、そのまま五郎のあとをついていけ、という仕草をした。

「本気かよ」

「大丈夫だ。早く行け」

金吾は仕方なく馬を進めていった。半信半疑、というより一信九疑といった心境だった。

十兵衛は平気な顔であとをついてくる。

黒い針葉樹に囲まれて、馬一頭がすれすれ通って行ける細道だった。見通しもきかない。方角もわからない。いつ、どこで行き止まりになっても文句は言えない、という道だ。

道というより、樹と樹の隙間と言った方がしっくりくる。

だが、不思議なことに、細道はまるでフイフイ教徒の祈りのようにひれ伏してどこまでも続いた。ときどき低い崖や大岩が行く手にたちはだかり、やっぱり駄目かという気にさせるが、少し沢の中を歩いたり、灌木を少し切り開いたりすると、その先にまた細々と道は続いているのだった。

五郎は先に立ってもくもくと急ぐ。十兵衛は後ろから無言で迫ってくる。行けるのか。本当に道か。やばいようなら早く言え。はじめ盛んにぼやいていた金吾も、黙って馬を進めることだけに専念するようになった。

昨夜は半日と言ったが、昼までかからなかった。冬枯れの中にほんのわずか紅葉が残った山中に細々と通う暗い道は、突然、陽のあたる道に躍り出た。札幌から東蝦夷へ伸びるあの街道だった。

振り向いて、金吾は嘆息した。あのまま街道を歩いていれば、一日かかっても越えられそうもなかった山をひとつ、確実に越えていた。まわりの景色は一変し、湿原と原生林の森と枯れ木の原が、アップダウンしてはるか彼方まで広がっている。

「これで一日稼いだ。しばらく街道を行ったら、また山に入る。明日の夕刻には鷲路に着くだろう」

気のせいか、ものの言い方も急に大人びて聞こえる。

小僧、と言いかけ、金吾は言い直した。

「五郎、なぜこんな道を知っている」

「言ったろ。この辺は詳しい」

そうは言っても限度がある。第一「この辺」と言ったら、せいぜい五里四方だろう。普通ひとが自分の庭のように馬で歩き回れるのはそんなものだ。

だが札幌から鷲路まで、普通に街道を行けば五日か六日かかる。何里あるか知らないが、「この辺」という範囲ははるかに超えている。

いったいこの小僧、何者だ。

「はっきりさせておこう。五郎、何か隠してるな」

「ひと聞き悪ぃな。十兵衛のおっさんよ、あんた何か言ってくれ」

「五郎は道を知ってるんじゃない。道標を見てるのさ」

金吾は驚いて十兵衛を見た。「道標？」

「今度出てきたら教えてやるよ」

少し行くと、五郎は「あれだ」と街道脇を指差した。山の中へ入る踏み分け道があり、入口の木の枝に何かがついている。藁を巻きつけ、結び目が作ってあるのだ。

「アイヌは文字がない。だから藁の結び目で、仲間にものを伝える。藁算と言うんだ。あの結び目は〝行き止まり〟。どこにも通じていないってことさ」

「十兵衛、知ってたのか」

「アイヌの目印だってことはな。トッタナイの集落へ行く道の入り口にもついている」

そういえば今朝、いちばん最初踏み分け道に入ったとき、十兵衛は道の入り口で馬をおりて、何か見ていた。木の枝についている藁算を見ていたのだ。

「だがおれには、ひとつひとつの意味はわからん」

「五郎、ひょっとしてお前アイヌか」

「そうじゃない。開拓使に雇われて、アイヌ交易の先達をやっていた。それで自然に覚えただけさ。おれもひとつはっきりさせておきたい。十兵衛のおっさんよ。千円を三人でわけるといくらになる」

「勘定は苦手か」

「聞いておきたい。あとでもめるといやだからな」

「おれも勘定は苦手なんだ。金吾に訊け」

「おっさん、いくらだ」

「おれたちは頭の中で勘定なんかしない。金が入ったら、その場で金を三つにわけて、三人に配るのさ」

「だからどうやって」

「百円ずつ、三人に配る」

「三回配って、百円余るぜ」

「十円ずつ、三人に配る」

「三回配って、十円余る」

「一円ずつ、三人に配る」

「三回配って、一円余るじゃないか。それはどうする」

「一円札を三つにちぎって、ひとつずつ配る」

「なら、いいや。急ごう」

「ひと休みしないか。そろそろ昼めしの時間だろう」

「本気で千円稼ぐ気があるのかよ。めしなんか馬に乗ったまんま食えるだろ」

五郎はテンガロンハットを被り直し、威勢よく馬の腹を蹴った。


その頃鷲路村では、姫路弥三郎が戸長役場の牢部屋で、北国の珍味に舌鼓を打っていた。牢部屋といっても、もう牢の中には入っていない。牢格子の外の看守部屋で、署長の大石とふたり、差向いで昼食のテーブルを囲んでいるのだった。

料理はホテルのルームサービスのように、三人の巡査がテーブルに載せて運んできた。大小さまざまな皿には、色とりどりの海の幸が山盛りだった。

「もういいのか。遠慮するなよ。今回、魚はそう珍しいもんはなかったが。その蟹はアイヌがエトロフの沖で獲ってきたやつだ。イクラはアラスカ産だぞ。東京じゃあ、まず口に入らない。遠慮しないで、もっと食え」

「いやあ腹パンパンですわ。もう十分にご馳走になりました」

「夏だとウニがあったんだ。食わせてやりたかったなあ。知床沖のウニは絶品だぞ。ほら、そこで手を洗え。このギヤマンはヒンガーボールってんだ。中の水は飲むんじゃない。こうやって手を突っこんで、ジャブジャブ洗う。蟹食ったあとは手が汚れるだろ」

「しゃれてますなあ」

「横浜のグランドホテルで使っているのと同じやつだ。あそこには知り合いがいるんで、融通してもらった。お前、蟹は何が好きだ」

「蟹といえばズワイでしょう」

けっ、と大石は笑った。「高けりゃいいってもんじゃないぜ。本当のカニ食いは、毛ガニだよ！　決め手はミソだ。蟹の値打ちはミソなんだ」

「さすが署長、含蓄のあるお言葉ですなあ」

弥三郎はフィンガーボールで手を洗い、爪楊枝で歯をせせった。

大石がドアを開いて怒鳴った。三人の巡査が全速力でやってきて、料理のテーブルを外に運んでいった。

「片づけろ」

あれ以来、大石が食堂の前で公爵をぶちのめすのを見て以来、三人の顔つきが変わった。

大石の一挙一動に絶えず警戒の目を向け、何を言われても逆らわない。躊躇もしない。全速力で、命じられたことを遂行する。それがこの村で生き延びる唯一の道だと肝に銘じたのだ。

「あ、きみたち。横浜のホテルじゃボーイはみんな靴音を立てないよ。気をつけてね」

弥三郎が注意した。この男、虎の威を借りるとどこまでも強気になる。

「一服やるか」

大石が、公爵から取り上げた葉巻を出してきた。

「イモ野郎、葉巻だけはいいの持ってやがった」

「めしのあとは、煙ですなあ」

弥三郎も強気になると、遠慮を知らない。ふたりはまるで十年ぶりに再会した親友のように、葉巻をふかして微笑みあった。

「気に入っちゃったよ、この葉巻。なんてやつだ。知ってるか」

「ロメオ・イ・フリエータ」

「どういう意味だ」

「おかる勘平、いや勘平とおかる、とでも言いましょうか」

薄黄なる午後の陽射しが小さな窓から射しこんでいたが、看守部屋と牢格子を照らしているだけで、牢の奥までは届かない。相変わらず夜のような暗がりの中に、公爵は身じろぎもせずうずくまっている。

「生きてるか」

大石が声をかけた。返事がない。

「様子を見てやれ。死んでねえか」

弥三郎は仕方なく牢格子に近づいた。今となっては、おぞましさしかない。どうしてこんなインチキ男を、剣豪だなどと崇めてついてまわったのか。いい加減息をとめてくれればせいせいするのだが。

くそ。まだ動いてる。

「公爵、大丈夫ですか」

暗がりでごそごそしだしたぼろ布に向かって、猫なで声を出した。

「食事、してくださいよ。署長にお願いして、必ず釈放してもらいますから」

さっき牢内に運んだめしの膳は、手つかずのまま放ってある。麦とひえの雑炊に、草っ葉のかけらが浮いた塩の汁だ。牢格子の間から手を突っこみ、膳を奥の方へ押しやった。

「作家先生、なかなか優しいとこがあるじゃねえか」

「権力に反旗をひるがえし、弱き者に寄り添うのが物書きの使命です」

弥三郎はさっと牢格子の前を離れ、机の上のノートを手に取った。

「大石一蔵無頼帖、はいかがでしょう」

「ぱっとしねえな」

「大石一蔵無頼控」

「イモ公爵のやつが殺法帖だろ。雰囲気が似てる。一緒にされたくねえんだよな」

「剣鬼大石一蔵」

「ほかにないか」

「大石一蔵十番勝負」

「ありきたりなんだ。もっと独創的なやつはないのか」

「一蔵が行く」

「どこへ」

「大石一蔵は眠らない」

「寝るよ。ばか。死んじまう」

「大石一蔵はバーにいる」

「このくそいなかにバーがあるか」

「裁くのはおれだ」

「おれの名前が入ってない」

大石は机に突進し、雑誌をひったくって「死の公爵殺法帖／小樽の女よ皆殺し」をまた読みだした。顔をあげると、完全に表情が変わっていた。

「お前は血を流してねえんだよ、ものを書くときに」

弥三郎はどきり、とした。そして猛然と腹を立てた。いつか高名な批評家が弥三郎の小説を読み、いや最後まで読みもしないで、けなしたのだ。作者が血を流していない、と。あのときは吐き気がするほど激怒した。くそ。吐きそうになってきた。無能な批評家の決まり文句を、こんなどいなかの素人にまた聞かされるとは！

「あ」

と、弥三郎は目を剝いた。大石が雑誌のページを破り取り、紙吹雪にして空中にばらまいたのだ。

「見ろ。一滴でも血が出たか。お前の書いたもんには血が通ってねえんだよ」

「な、な何も破らなくたって」

「生きた人間が真剣で斬り合う、というのがどういうことか、お前にはぜんぜんわかっていない。抜け抜け。抜いて、おれにかかってこい」

大刀が一本、突然手許に飛んできた。壁の帽子掛けにひっかけてあったものを、大石が放ってきたのだ。危うく両手で受け止め、弥三郎は後ずさった。大石が、自分も一本刀を取り、腰に差して身構えている。

「何してる。抜け。おれを斬ってみろ」

上からのしかかるように両手を広げ、来い来い、と手招きした。目はまるでギロチンの刃で、その光は尋常でない。

この男やっぱり狂ってる！

弥三郎は青ざめた。お前ら、何をつっ立っている。服を脱げ！　あのときひょっとしたら、と思ったのだ。脱げ脱げ。早く服を脱げ。もうまちがいない。この男、明らかに一線を踏み越えている。正気ではない。

弥三郎は震えだした。大刀を両手でつかんだまま、ガタガタ震えて止まらない。

「怖いか。駄目か。抜けねえか」

「だだだって署長、刀差してるじゃないですか」

「おれの刀が怖いのか。よし。わかった」

大石は腰の大刀を鞘ごと抜いて、元通り壁の帽子掛けに戻した。

「これならいいだろ。斬ってこい」

「や、ややめましょうよ」

「おれは素手だ。丸腰だ。何が怖い。まな板のなますを斬るようなもんじゃないか。なぜやめる。よし。こうしよう」

大石は机の引き出しを開け、牢の鍵と拳銃を取り出した。

「お前がおれを斬り殺せたら、そのイモ野郎を連れて、ここから逃げてもいいぞ。これが牢の鍵だ。この拳銃も持っていけ。銃があれば、ここから逃げだせるだろう」

牢格子の中で物音がする。奥でうずくまっていた公爵が、起き上がって出て来たのか。だが、弥三郎には振り返る余裕がない。

「刀を抜けよ。それでは話にならん」

弥三郎は震える指で鯉口を切った。そして震えながら刀を抜いた。

「いいぞ。構えろ。お前の好きなのはなんだった。刀は下段、地の構えか」

「私が斬りつけたら、どうするんです」

「よけるさ」

「もし、よけられなかったら」

「お前に斬られて、死ぬだろう」

大石はやや腰をかがめ、両腕を振って待ち受けた。弥三郎は刀を振り上げた。

「来い！」

弥三郎の震えがとまった。額に汗が噴き出した。空気がぴんと張りつめた。

だが、ほんの一瞬に過ぎなかった。弥三郎の体から力が抜けて、振り上げた刀がゆっくり下に降りてきた。大石がげらげら笑いだした。

「駄目か」

弥三郎の手から刀を取り、鞘におさめ、笑いながら弥三郎の胸を軽く突いた。

「だからお前には肝心なことが書けねえんだ」

弥三郎はふらりとして、横の壁にもたれかかった。見ると、公爵が牢格子にすがりついていた。傷だらけで、赤黒くふくれ上がった異様な顔が、牢格子の間から半分見える。おれを斬り殺せたら、逃げてもいいぞ。大石がそう言ったのを聞いて、成行きに固唾を呑んでいたにちがいない。今は落胆でガクリ、と肩が落ちている。

「鉄砲と刀だったら、どうなりますかね」

大石が笑うのをやめて、こっちを見た。弥三郎は机に出ている拳銃と、大石が手に持っている大刀を見比べた。

「昔、旧幕府軍にひとりいたそうですね。ひと斬り十兵衛と言いましたっけ。あいつは鉄砲の弾丸よりも速くひとを斬る。そんな伝説があったんですって？　ひと斬り十兵衛に可能なら、署長にも可能でしょう」

大石は何も言わず、弥三郎の顔を見つめた。

「すみません。無理ですよね。鉄砲の弾丸よりも速く斬る、なんて不可能に決まっている。ただの伝説でしょう。そんなやつがいるわけがない」

大石は刀を抜いた。

「銃を取れ」

「わ、わ私は刀も銃も駄目ですよ。ここから逃げたがっているのは、こちらの方でしょう」

大石は牢の中に目を転じた。血まみれのぼろ雑巾のような公爵が牢格子をつかみ、必死の形相で成行きをうかがっている。

「開けろ」

大石は牢の鍵を放った。弥三郎はパッとつかみ、牢の出入り口を引き開けた。

公爵が牢格子に取りすがって歩き、よろよろ外に出てきた。黒羽二重の羽織に、大島の着物を着流しにして颯爽と立った面影はどこにもない。顔はどす黒くふくれ上がり、いたるところ血がこびりつき、息をするたびに口がシューシュー音を立てる。歯を何本も折られ、空気が洩れるのだ。自慢の羽織と綿入れも血と土埃にまみれ、あちこち裂けて破れかけ、元の色も定かでない。

大石の前にやってくると、よろりと背筋を立てた。まるで崩れかけたぼろ屋だ。

「銃を渡せ」

弥三郎が机の拳銃を取り上げた。メリケン製のリボルバーだ。銃身と回転式弾倉の間を二本の指で持ち、思い切り腰を引いて、公爵に向かって拳銃を差し出した。公爵が手を伸ばせば、銃把をつかんで即、引き金が引ける。

だが、公爵は手を出さない。

「弾丸が気になるか」

大石はにやり、とした。

「さあ、どっちだろう。おれにもわからん。そいつに弾丸を入れたかどうか、覚えがねえんだ」

大石は刀を軽く振りかぶった。

正対したふたりの距離は三メートル半。

「撃ってこい！」

空気が再び張りつめた。公爵がわなわなと腕を持ち上げ、拳銃の方に伸ばした。公爵が銃を取った瞬間に飛びのこうと、弥三郎は体勢を整えた。

大石がじりっ、と一歩、間を詰めた。

もし拳銃に弾丸が入っていなければ、公爵は斬り殺される。入っていれば、拳銃対刀の決闘になる。公爵が斬られるか、大石が撃たれるか。

弥三郎は息をとめた。

いつ目をつむったかわからない。

まるでハシッシュの魔睡に落ちたように、弥三郎はあれ、と目を開いた。拳銃は、相変わらず自分の二本の指の中にある。顔を上げると、公爵の姿が見えた。床にガクリと膝をつき、両手を下に垂らし、深々とうな垂れている姿が。

あのときと同じだ。食堂の前で、言われるままに腰の大小を差し出したときと。

このインチキ男、銃を手にする度胸もないのだ。

「銃は欲しくないとさ」

大石がげらげら笑い、刀を鞘におさめた。

「どうせ空だ」

公爵が必死に声を振り絞った。

「そうか？　弾丸入れてなかったたっけ」

弥三郎の手から拳銃を取り上げると、大石は無造作に引き金を引いた。

銃声は部屋中に反響し、大きな音を立てた。壁に吊ってある洋ランプは、さらに大きな音を立てて割れ散った。公爵は一寸ほど飛び上がり、ものすごい形相で大石を睨みつけた。

大石はそっくり返って哄笑した。

13

賞金稼ぎの三人は、東蝦夷の原野に細々とつながるアイヌの道を急いでいた。

午後も遅くなり、黄昏かけた空にピンクとモスグリーンの筋が走ると、西の方から黒ずんだ雲が流れてきた。寒気に追われ、シベリアからオホーツクの海を渡ってきた雲だ。急速に気温が下がってきた。

「明日かあさってには天気が崩れる。霙か雪になるだろう。山の抜け道は、雪に埋もれると見つけるのが厄介だ。今日のうちに行けるだけ行こう」

五郎は休む間もなく馬を駆った。これで脱落するような連中ならこっちから願い下げだ、という気もあった。

だがふたりは、ロートルの馬を駆ってよくついてきた。ふたりとも馬に負けないロートルだが、体は思ったより頑健にできていた。そこらの若い連中なんかより、根性もよっぽどすわっていた。いかにも旧幕府軍の脱走兵だ、と感心した。

だが耐久力になると、さすがに年齢の差は大きかった。十兵衛とはざっと三十、金吾とはざっと三十五の歳の開きがある。歳の順にへたばって、まず金吾が遅れ、ほどなく十兵衛が遅れた。

夜になるとどっちかひとり、いやおそらくふたりともはぐれて道に迷う。五郎は日没とともに馬を停めて、沢のほとりで火を焚いた。この辺りには獣しかいない。よほどのことがない限り、ふたりがこの火を見落とすことはない。

石を積んで炉を作り、鍋を火にかけた。

干した鮭が少しある。野草と一緒にぶちこんで煮ているると、十兵衛が姿を現わした。十兵衛と馬は同じくらい疲れている様子だった。それから二十分経って、金吾がやってきた。金吾と馬は、金吾の方が三倍くらい疲れているように見えた。

「おっさんたちよ、これで仕事になるのか」

ふたりの返事は対照的だった。

「自信はない」

「なめんなよ。ライフルを構えさえすりゃあ、しゃんとする」

五郎自身もやはり疲れていたのだろう。三人で熱い鮭鍋を片づけ、横になってテンガロンハットを顔に載せるとたちまち眠りこんだ。

「ウウウ……」

獣の唸り声で目が覚めた。熊か、オオカミか。五郎はぱっ、と飛び起きた。熊は冬眠前だ。

いくら食っても、食い足りない。餌を捜し、いちばん活発に動く時期だ。オオカミもやばい。やつらは飢えると集団で襲ってくる。

五郎は拳銃を構え、四方に目を配った。

だが、獣の気配はない。焚き火は三メートル離れた場所で燃えている。

「ウウウ……」

また唸り声がした。

五郎はやれやれと拳銃を置いた。獣ではなかった。焚き火を囲み、長半纏にくるまって寝ているひとり、十兵衛の声だ。悪い夢でも見ているのか、しきりにうなされている。やがて長半纏を押しのけ、がばっ、と起き上がった。

「ひと斬りのおっさんにも、怖いもんがあるのかい」

十兵衛はしばらく経って、ふう、と息を吐いた。

「何か言っていたか」

「おっさんが？　さあな。死にそうな声で呻いていた。何か怖がっているみたいだった。はっは。意外と臆病なんだな。安心したよ」

十兵衛はまた体を横たえた。

「おっさんよ、何人殺った」

「なんだって？」

「二十人か、もっとか。本当は何人斬った」

「なぜ訊く」

「動くものは何でも斬る。女でも、子供でも。極悪非道。情け無用のお尋ね者——そんな男が目の前にいたら、誰だって訊いてみたくなるさ。かっこいいじゃないか。おれだってなってみてえ！」

「お前は何人だ」

「五人だ。五人殺った」

「だったらもうなっているだろう。お前も立派な極悪非道、情け無用のお尋ね者さ。もう寝ろ」

「あの話は本当かい。夕張で隠れキリシタンと討伐隊を皆殺しにしたって話」

うれい泣くヴィオラのような森のざわめきの中、十兵衛は黙りこんだ。

「キリシタンの村に逃げこむってのはいい考えだよな。やつらも新政府には見つかりたくない。ひと目を避ける。そんな気がなくても、否応なしにかくまってやるしかない。あんたにとっちゃ絶好の隠れ家だった。なのにどうしてあんなことになった」

十兵衛は何も言わない。

「キリシタンの誰かが密告《チク》ったんだろ。あんたを渡す代わりに、キリシタン村のことは見逃してくれ。まあそんなことでも言って、討伐隊を村まで手引きした。裏切られたあんたは頭にきて、村中のキリシタンを殺しまくった。そして討伐隊も皆殺しにした——それしかない」

「おれが聞いた話はちがったな」

金吾も少し前から目を覚ましていたのだろう。もぞもぞ動き、覚めた声で口を出した。

「討伐隊がその村に着いたときには、十兵衛はとっくに逃げたあとだった。逃げるとき、十兵衛は村の者に言ったそうだ。『おれはこれから川沿いに南へ行って、海に出る。討伐隊が来たら、おれの行く先を教えて、その代わり村のことは見逃してもらえ』と。

村の者は言われた通りにした。ところが討伐隊は、聞くだけ聞いて、村中の者を殺した。女も子供も年寄りも。そして川沿いに南へ走って十兵衛を討ちに行き、返り討ちにあった」

五郎は身を起こし、用意してあった枯れ木を何本か焚き火にくべた。焚き火がパチパチと音を立て、煙がこちらへ流れてきた。

「十兵衛さんよ、どっちなんだ」

十兵衛はもう長半纏を被り、顔を反対側に向けていた。焚き火の炎は背中の半分をぼんやり赤く照らしているだけだ。顔は見えない。夜の闇の中にある。

天には星が青いエーテルのように輝いていた。だが、地上は暗い。

やがて闇の中から声がした。

「昔の話だ。忘れたよ」


その頃鷲路村では、姫路弥三郎がバーボンを片手に、ノートに鉛筆を走らせていた。

もう戸長役場の牢部屋にも、役場の中にもいなかった。秋山楼の土間の縁台で、署長の大石と向き合い、剣のうんちくに耳を傾けていた。

広い板間にはいろりが切ってあるだけで、縁台がない。客はいろりのまわりで、あぐらをかいて飲み食いする。だから土間の縁台で、ノートを広げたのだった。

「早過ぎやしねえか。書けてるか。剣はひとの上にひとを作らずと言ってな、ひとたび真剣と真剣で対峙すれば、身分もへったくれもない。強い者が勝つ。弱い者が死ぬ。これ以上明快なものはない。だからおれは好きなんだ。剣は、世界を光と闇に斬りわける。ものごとのすべてを明らかにする」

大石は酒のグラスを置いて、けげんそうな顔をした。酒場の雑用をやっているアイヌの爺さんが、何か言いたそうにそばに立っている。

「駄目だと言ったろ。あっちへ行きな」

喜八がやってきて、爺さんを追っ払おうとした。

「年寄りをそう邪険に扱うもんじゃないぜ」

大石は酒の酔いも手伝って、どうした爺さん、と上機嫌で声をかけた。

「いや署長じゃなくて、こちらの先生に頼みがあるって」

「おやおや先生、人気者だな。さすが東京の有名な作家先生！　爺さん、何だい。言ってみな。先生がうじうじ言うようだったら、おれから頼んでやってもいいぜ」

アイヌの爺さんは背を真っ直ぐにした。それでも背丈は、切り株に腰をおろした大石の方が高い。弥三郎と比べても、ほんの少し高いだけだ。顔は日に焼け、梅干しのようにしぼみ、顔の半分をおおった白い髭は胸の下まで垂れている。

「わしらはまもなく滅ぶだろう」

弥三郎を見つめ、爺さんは淡々と口を開いた。

「わしらは文字を持たない。あとに何も残せない。わしらはこの地上から跡形もなく消え去って、かつて存在したことも、忘れ去られてしまうだろう」

「わしらって――ああ、アイヌのことね」

弥三郎は薄ら笑った。

「わしはアイヌの語り部だ。曾祖父から祖父へ、祖父から父へ、父からわしへ、わしの一族は代々アイヌのユーカラを語り継いできた。アイヌのユーカラを知ってなさるか」

弥三郎は知らなかった。北海道にはアイヌという先住民族がいると聞いたが、興味はなかった。何か知りたいとも思わなかった。

「アイヌのユーカラは、神《カムイ》がわしらに授けてくれた聖典だ。世界はいかにして生まれたのか。ひとはどこから来て、どこへ行くのか。この世の真理がすべて解き明かされている。それを語り継ぐのが、わしの役目だ。だが、わしの子は和人《シサム》に殺された。孫も殺された。ほかに語り継いでくれる者もいない。だからわしはアイヌ集落を出て、和人の村へやってきた。和人の言葉を覚え、アイヌのユーカラを和人の文字で書き残すためだ。しかし、和人の文字は難しい。わしには書けない」

「だから私に書いてくれ、と？」

大石が「うはっ」と声を発した。「作家先生、見こまれたなあ。そう言われちゃあ断れねえよな」

「まあね爺さん、私も物書きだから、書かないことはないが」

「よせよせ。おれは冗談を言ったんだ。アイヌのユーカラってのは——そこら辺の岩とか木とかさ、みんなカムイが作った、とか言うんだぜ。だろ、爺さん」

「岩と木だけではない。この地上にあるものは、みなカムイが作ったものだ」

「見ろ見ろ」

と、吠えながら弥三郎の肩を叩き、

「なあ爺さん、そこら辺の岩を拾ってきな。メイド・イン・カムイと書いてあるか。この地上にあるもん、みんな調べてみな。どっかにカムイ製と書いてあるか。ばかばかしくっていけないよ。帰ろうぜ、作家」

もう夜も遅い時間だが、板間の方に五、六人の客がいた。みな素知らぬ顔で飲み食いをしていたが、東京の有名な作家先生の対応をちらちらうかがっている。その目が、弥三郎を引き留めた。

「署長。少しだけいいですかね」

大石は本当に驚いた顔をした。「ユーカラを聞く？　爺さんの？　そりゃあ別に構わねえが。わかった。先生は気の済むようにしな。おれは先に署へ戻る。喜八、帰るぞ。勘定だ」

縁台に金を置き、入り口に向かった。喜八が追いかけてきた。

「たまには二階で遊んでいってくださいよ」

「おれは戸長だ。村の者と同じ女なんか抱けるか」

大石は入り口の手前で足をとめた。二階へ行く大階段の上の方に、女がひとり立っている。手ぬぐいを頭からふわりとかけて、顔が見えない。赤い綿入れ半纏に木綿の着物を着ていたが、帯から下、着物の前を手でまくって見せている。

「なつめですよ。顔を切られた例の女」

喜八が気づき、飛んできた。

大石は体の向きを変え、着物の前をまくった女を見上げた。色の白い女で、股に白粉は塗っていない。ふっくらした内股の奥に、赤い小さな三角の布が食いこんでいる。

「いや、ああやって立たせておけば、客がつくんじゃないかと思ってね。さかりのついた若僧なんか、顔なんてどうだっていいでしょう、ナニさえついてりゃ。でも、駄目だ。顔を切り刻まれた女だってことは、みんな知ってる。顔を見たらすっかりナニが縮んじまった、なんてやつもいて、誰も寄りつかねえ。困ってますよ」

「酒だ」

「へ？」

「あの女に運ばせろ」

喜八はけげんそうな顔で合図をした。なつめもけげんそうに大階段をおりてきた。大石は手近の切り株にどかん、と腰を据えた。なつめは履き物をつっかけ、奥の調理場から酒のグラスを運んできた。手ぬぐいを頭からふきながしにして、やはり顔は見せない。

「待て」

すぐ戻ろうとしたなつめは、びくっと立ち止まった。

「こっちを向け。顔を見せろ」

「お許しを」

なつめは後ろを向いたまま震えだした。

「怖いのか。おれはならず者じゃないぜ。その逆だ。ならず者を処罰して、この村の法と秩序を守っている。お前たちの味方じゃないか。怖がらなくていい。こっちを向け」

なつめはうなだれ、おそるおそる体をこちらに向けた。手ぬぐいをかけた頭は、切り株に腰を下ろした大石のほんのわずか頭上にある。

「ひどい目に遭ったな。痛かったろう。傷はもういいのか」

「……はい」

「傷の具合を見せてみろ」

「ご気分を悪くされます。どうかお許し――」

大石は手ぬぐいをひったくった。なつめは短い声をあげ、両手で顔をおおった。その手をつかみ、無理矢理顔から引きはがした。

ただの好奇心だった。匕首で切り刻まれた女の顔がどうなったか、傷跡をひと目見ようとしただけだ。いや、そうか。

なつめの顔は、思ったよりもひどかった。額、頬、頬から鼻にかけて、三ヵ所にひどい傷跡が残っていた。白い布を赤黒い糸でつぎはぎしたように見える。ムカデか何か貼りついているようにも見える。

色の白い女なので、傷跡はよけい禍々しい。顔を見たらすっかりナニが縮んじまった、なんてやつもいて。

だから大石は仰天した。女の顔の傷跡を見た途端、下腹部に激痛が走ったのだ。喜八の言うナニが、怖ろしい勢いでそそり立っている。

大石は立ち上がり、なつめを大階段の方に引っ張った。

「お許しを。どうかお許しを」

なつめは引きずられながら、泣きそうに懇願した。

「署長、なつめが何か粗相でもしましたか」

喜八が血相を変えて飛んできた。

「上がるぞ」

「へ？」

「女、靴を脱がせろ。お前の部屋へ連れていけ」

なつめを先に立て、大石は大階段を上りはじめた。喜八は下に立ち、半信半疑の顔で見上げている。板間で飲み食いしているほかの客もそうだ。作家先生もさっきの土間の縁台で、何が起きたか、という顔をこちらに向けている。こっちを見ていないのはアイヌの爺さんだけだ。

くそ。おれは何をやってる。

大石はむかっ腹を立てた。だが、欲情が疼くようにいきり立っている。

この男、顔のきれいな女にそそられたことはない。色の白い女、餅肌の女、乳房や尻の大きな女、ほかの男どもが涎を垂らすような女はみんなそうだ。何とも思わない。

だから——おれは実は女嫌いではないか、と思ったこともある。体に精が溜まるので、ときどきそれを吐き出す道具が要る。単にそれだけのことではないか、と。

だが、ちがった。この男にもその昔、われを忘れ、この世を忘れて情交を重ねた女がひとりいた。両国の見世物小屋で見つけ、小屋主をだんびらと小判で脅して連れ帰ったその女は、不具だった。幼い頃、やくざの出入りに巻きこまれたとかで、片腕と片足がなかった。その不憫な体が、暗い欲情に火をつけたのだ。

この男、決して女嫌いなのではない。女の好みが、ほかの男とちがうだけだ。

「顔を見せろ」

二階の部屋に入ると、大石はなつめを突き倒した。なつめはうつぶせになって、顔をおおった。大石は後ろから帯をつかみ、着物をはいだ。なつめは必死になって顔を隠そうとした。その手を背中で縛り、ランプの灯りを近づけた。

「お願い。見ないで。お許しを」

なつめは顔を左右に振って、泣きじゃくった。大石は唸り声を立てていた。欲情は今や天を衝き、ものが見えない。目まいがする。銀のベルトを引きちぎるようにしてトラウザーズをおろし、なつめを一気に貫いた。

「あ……！」

なつめは一瞬動きをとめ、それからランプの灯りをさけて身をよじった。

「顔を見せろ。こっちを向け」

大石は貫いたまま、髪をつかんで女の顔を引き寄せた。なつめは泣いて、いやいやをした。大石は顔の傷跡を手でなぞった。ぞくぞくするような快感で、さらに猛り立ってきた。平手でなつめの顔を張った。白い顔がたちまち赤く腫れ、傷跡が赤黒く燃え立った。

なつめは激しく泣き出した。

「叫べ。わめけ。もっと泣け」

女の体に深く突き入れながら、傷跡だらけの顔を四回、五回と平手で打った。そして酒場じゅうに聞こえるような声で叫び、わめき、やがてしたたかに精を放った。

14

東蝦夷の空は、明けたときからメランコリーブルーだった。シベリアから灰黒色の雲が次から次と群れをなして押し寄せ、今にも雪が落ちてきそうだ。

賞金稼ぎの三人は、灰色の湿原の中に細々と踏みしだかれたアイヌの道を急いでいた。アイヌの道は「ル」という。和人が開削した道とちがって、目的地へ向かういちばん近い道だ。アイヌは元々狩猟民で、狩りのために、道なき山や原野に分け入った。「ル」とは、ひとの足跡という意味だ。昔むかしは、弓矢を持った人間がひとり、やっと通れるくらいの幅しかなかった。

最短の距離だが、今もそれだけ細い。

夜明け前に出発した三人は、ひたすら馬を先へ進めることだけに専念した。雪に埋もれてしまうと、アイヌの道を見失う恐れがある。昼近くになって、鷲路まであと半日という山麓に到達した。このあたりまで来ると、もう紅葉黄葉ともにかけらも残っていない。ヴィオロンも死に絶えた山々は、霏々《ひひ》として冬枯れの色に覆われ、目にとまる色彩はない。

「この山を越せばまた街道に出る。出れば、鷲路はもう目と鼻の先だ」

十兵衛はもとより、金吾も最早頷くだけだ。五郎の道案内はピストルの腕前より百倍優秀だ、と認めている。

針葉樹の多い山に分け入ってしばらくすると、とうとう雪が降ってきた。それも霙まじりの雪だった。降られると、いちばん始末の悪い雪だ。こいつは外套代わりの長半纏を濡らし、服と肌着を濡らし、体を冷やす。芯まで冷やし、体力を奪う。一刻も早く、山の向こう側の街道へ抜けださなければならない。

先頭に立って馬を急がせていた五郎が、大きく手を上げた。馬を停め、その手を横にした。音を立てるな、という合図だ。

五郎が馬をおり、十兵衛がおりた。馬をつなぎ、トドマツの林の中へ歩いていって、樹の間から何か見ている。金吾も追いついて馬をつなぎ、ふたりのそばへ近寄った。

「屯田兵だ」

十兵衛が低い声で言った。

山腹のアイヌの道を隠すように密生しているトドマツの林の外側、斜面を下りた谷間に、あまり広くない開墾地がある。平地に何ヵ所か畑が拓かれ、ひと目でアイヌとわかる萱葺き、萱壁の家が、畑の間にぽつりぽつりと何軒か建っている。アイヌ集落だ。

豊かな土地とは思えない。霙まじりの雪が降っているせいか。いや、ちがう。どこからか強制移住させられてきたのだろう。新政府の開拓使は、肥沃な河口の地に住んでいるアイヌを、内陸の不毛の地へどんどん追い立てている、と聞いた。

「屯田兵？」

金吾は小声で訊き返した。十兵衛は樹々の間から、人差し指を下へ向けた。金吾はその横へ行って、トドマツの間から身を乗り出した。すると下の方で、耳障りなキンキン声が上がった。

「貴様ら、わしを舐めとるのか！」

金吾は首をすくめた。林の外の斜面をおりたすぐ下だった。畑のそばに、家が焼け落ちたような跡がある。その前にアイヌを集め、馬に乗った屯田兵がふんぞりかえっている。

アイヌは集落の住民だろう。男女取り混ぜ、全部で十二、三人。

屯田兵の方は、馬に乗った騎兵——今キンキン声を上げたやつだ——のほかに、銃剣を構えた歩兵が四人、いや五人いる。

「家に火をつけたのはどいつだ！」

「そんなわけはあるまい。貴様ら、いつまでとぼける気だ！」

「だったらなんで家が燃えた！」

屯田兵のキンキン声が、下の方から山の斜面を登ってくる。アイヌがその間に何か言っているが、その声はぼそぼそとして聞き取れない。

「何をもめてる」と十兵衛に訊いた。

「アイヌが家を焼いたんだ。彼らは一家の主である女が死ぬと、その家を焼く。昔からの風習だ」

「風習ならやらせておけばいいじゃないか。屯田兵がなぜ怒る」

「新政府は、アイヌが家を焼くことを禁じている。何年か前、そういう布達を出した」

「なぜ禁じた」

「さあな。アイヌのやることはみんな気に入らないんだろう。彼らが昔から守ってきた伝統的な風習を片っぱしから禁じた」

「放っといて、行こう。アイヌには気の毒だが、巻きこまれると面倒だ」

霙まじりの雪は、次第に雪より氷の割合の方が多くなってきた。こうしている間にも、それがひっきりなしに体を濡らす。体温を奪い、体力を削ぐ。

「五郎、戻れ」

金吾が低い声で呼びかけとき、キンキン声が爆発した。

「舐めやがってぇ。そいつを殴れ！」

歩兵がアイヌの男をひとり引き出し、六尺棒で殴りつけた。アイヌの男は濡れた道に倒れ、泥のついた手で殴られた頭を抱えた。

「あくまで白を切るんなら、貴様ら、みんな同罪だ。全員監獄にぶちこんでやる。貴様ら、いっぺん整列しろ。ぐずぐずするな。一列横隊！」

屯田兵は、北方警備と開拓を目的として、新政府が北海道に入植させた軍隊だ。普段は農作業に従事しているが、軍事訓練は欠かさない。

「番号！」

冷たい氷雨が降る中、横一列に並ばされたアイヌが、ぼそぼそと番号を唱えはじめた。

「ちょっと待て。貴様、その薄汚い耳輪を外せ」

キンキン声の騎兵が馬上で指差したのは、若い娘だった。口のまわりに青い入れ墨を入れ、真鍮の輪に玉がついたアイヌの耳飾り《ニンカリ》をつけている。

「外せ」

だが娘は、薄ら笑いを浮かべて動かない。

「そうか。わしらに外してくれってか。前に引き出せ」

騎兵が合図をすると、ふたりの歩兵が若い娘を列から引き出そうとした。アイヌの老婆が何か叫び、止めに入った。娘の母親のようだ。苦もなく地面に叩きつけられ、泣き声をあげた。ふたりの歩兵は、若い娘の腕をつかんで引っ張った。

「おい五郎」

金吾が止めたときは遅かった。茂みに身を潜めていた五郎がさっと立ち、ものも言わずに山の斜面を駆け下りていった。

「何者だ」

騎兵が馬上で叫び、歩兵が銃剣を構えて行く手に立ちはだかった。五郎は銃剣の前で両手をあげ、歩兵の肩越しに、アイヌの娘に声をかけた。

「和人の言葉がわからないのか。ニンカリを外せと言ってる。おとなしく言うことをきけ。今だけだ」

金吾は驚いてトドマツの間から首を伸ばした。アイヌ語だ。あの小僧、アイヌ語を使ってやがる。たぶん娘を説得しているのだろう。

だが娘は、頑として耳飾りを外そうとしない。

「意地張ってどうする。殺されるぞ。逆らうな。今だけでいい。外せ」

金吾は頭を引っこめ、横にいる十兵衛の服を後ろから引っ張った。

「行こう。あとはこの山を抜けるだけだ。五郎がいなくても行ける。五郎にはあとで分け前をやればいい」

十兵衛は頷いた。萱の編笠が氷雨に濡れ、へりから冷たい水が滴っている。体もだいぶ冷えてきた。金吾の言う通りだ。ここでぐずぐずしている暇はない。

だが気づくと、林を抜けだし、濡れた斜面に踏み出していた。待て。ばか。止まれ。金吾の叱咤と舌打ちを背中で聞きながら、茂みに隠れて下の平地まで降りた。五メートル先に、両手をあげた五郎の背中。その向こうに、銃剣を構えた歩兵が三人。キンキン声の騎兵とアイヌたちは、さらにその向こうだ。

「早くしろ。小娘ひとりに何をやってる」

キンキン声が叫んだ。

アイヌの娘は、五郎の説得を聞き入れなかった。和人の言葉はわかっていたが、反抗していたのだ。ふたりの歩兵に腕を取られ、地面に押さえつけられながら、必死に首を振っている。氷雨のせいで、地面はもう泥のぬかるみだ。娘のアイヌ服は泥にまみれ、顔にも泥がはねている。

「耳を引きちぎれ」

歩兵が娘の耳をわしづかみ、耳飾りと一緒にむしり取った。娘の悲鳴とともに、鮮血がパッと空中に散った。ぬかるみの中で尻餅をついていた母親が悲痛な声で泣き出した。五郎がさっと右手をおろし、外套の後ろにつっこんだ。拳銃がズボンのベルトの後ろに差してある。

十兵衛は背後に忍び寄り、五郎の手を押さえた。

「離せ」

暴れようとした腕をつかんだ。

「貴様、何者だ」

五郎に銃剣を向けていた歩兵が、突然現れた十兵衛に怒鳴り声をあげた。十兵衛は歩兵には構わず、暴れだした五郎を張り倒した。

「すまんな、娘。今は何もしてやれん。泣くな。いつかお前たちが恨みを晴らせる日が来るだろう。それまで生きろ。無茶をするな。母親を泣かすな」

十兵衛はアイヌ語で娘に声をかけ、その場を離れようと五郎を引っぱった。

「待て」

騎兵がキンキン声で呼び止めた。

「貴様ら、わけのわからん言葉をつかいおって。どこのどいつだ。笠を取れ」

「頼む。黙って行かせてくれ」

「貴様らもアイヌか。犬の同類か。だったら四つん這いになってワンと鳴け。そうしたら見逃してやる」

十兵衛は振り向き、五郎の体から手を放した。

「これ以上おれを怒らせるな。豚がいばりくさった世の中を見て、ただでさえ機嫌が悪い」

「きっさまあああ！」

騎兵が怒気で声を震わせた。

「ぶち殺せ」

歩兵が駆け寄り、銃剣を構えた。十兵衛は、身構えた五郎を突き飛ばした。

「手を出すな」

冷たい氷雨が落ちる中、五つの銃剣が十兵衛を取り囲んだ。札幌で研いでもらった大刀は、鹿皮に包んで馬の横腹につけたままだ。十兵衛の手に得物はない。だが、五人の歩兵は慎重だった。軍事訓練を受けているだけあって、何かしら相手に尋常でない気配を感じたのか、じわりじわりと間を詰めてくる。

「何をしている。早く殺せ」

馬上のキンキン声に急かされて、ひとりの歩兵が銃剣を突き出してきた。その剣先が胸までやってきた瞬間、十兵衛は銃剣を奪い取り、回して硬い銃把を相手の肩口に叩きこんだ。歩兵はガクリ、と膝をつき、肩を押さえてうずくまった。ほかの歩兵がそれを見て、さっと銃剣を引いた。

「お前ら、それでも屯田兵か。どけどけ。わしがぶち殺す」

騎兵が腰の拳銃を抜き、馬の腹を蹴って猛然と迫ってきた。十兵衛は横に飛び、銃剣を騎兵に向かって投げつけた。間合いは図ったつもりだが、敵は拳銃を構えている。その分、投げるのが早過ぎた。それに敵も軍事訓練を受けた屯田騎兵科の将校だった。飛んできた銃剣を分厚い軍服に包んだ背中で払い落とし、拳銃を十兵衛に向かって突き出した。

「死ね」

パン、と銃声。騎兵の手から拳銃が跳ね飛んだ。

火を噴いたのは、山の斜面から突き出された金吾のヘンリーライフルだった。その弾丸は、馬上で拳銃を握る騎兵の右手の中指を撃ち砕いた。

騎兵はその痛みより、どこから弾丸が飛んできたのか、と呆然となった。

しかし、一秒半のことだった。拳銃を跳ね飛ばされたショックでバランスを崩し、騎兵は馬から転がり落ちた。

十兵衛は泥を蹴立てて突進した。騎兵は必死に起き上がろうとした。その懐に飛びこみ、騎兵の軍刀を引き抜いた。騎兵の絶叫が上がった。十兵衛が一閃した軍刀は、冬の分厚い軍服を着こんだ騎兵の肩から胸に深く斬りこみ、途中で折れた。

十兵衛は振り向き、血まみれの折れた軍刀を振り上げた。

「お前ら、まだやる気か」

編笠の中で、返り血を浴びた顔がギラリと光った。歩兵たちは背中を向け、氷雨でぬかるんだ道を転がるように逃げ出した。

その頃鷲路村では、三人の新入り巡査が、死の公爵を牢部屋の中から引き出そうとしていた。

公爵は手錠をかけられ、牢の奥に横たわっていた。何ヵ所か骨折があるとみえ、まだ歩けなかった。よろり、と体を立てるのが精一杯で、それだけで苦痛の呻き声をあげた。

だが、ぐずぐずしていると大石の雷が落ちる。三人は手取り足取り、担ぐようにして公爵を外に運んでいった。

戸長役場の前庭に、飾りのついた四輪馬車が停まり、大石が空を睨んで立っていた。この男、雨も雪も好きではない。自分の思い通りにならないものは気に入らない。

「乗せろ」

三人は、手錠をかけたまま公爵を馬車に乗せた。

「札幌に着いたら外してやれ。鍵だ」

大石は手錠の鍵を御者に渡し、

「伊藤、まだか」

と、怒鳴った。

空は獰猛な歯をむいたドブネズミ色だった。天気は崩れる寸前で、あたりは日暮れのような暗さだった。伊藤巡査が、何か抱えて署内から走り出てきた。昔の合戦で使ったのぼりのようなものだ。竹竿に、文字の書かれた細長い布がついている。

「新入り、お前ら字が読めないんだってな。伊藤、何て書いてあるか読んでやれ」

「〝賞金稼ぎ、あえなく退散〟」

伊藤巡査がのぼりの文字を読み上げた。大石はげらげら笑い、三人に命じて、そののぼりを馬車に立てさせた。

「札幌に着くまで、こののぼりを取ってはならん。途中、村を通りかかったら、村中の者にこののぼりを見せてやれ。文字がよく見えるようにだぞ」

御者に命じ、馬車の客車を覗いた。

「北大路公爵殿、命拾いしたな。だが覚えておけ。今度この村に入ったら、殺す」

公爵はまだ痣だらけ、異様にふくれたままの顔をあげ、大石を睨んだ。

「私の刀は」

「おっと忘れるところだった。預かり物はちゃんと持ち主に返さなくちゃな」

大石はいったん署内に入り、公爵の大刀と脇差を手にして戻ってきた。どちらも鞘には収まっていなかった。収めようとしても無理だった。刀身は、どちらもまるでとぐろを巻いた蛇だった。

「いいだろ。これなら公爵殿が持ち歩いても安全だ」

大石はげらげら笑い、刀身がぐるぐる巻きになった二本の刀を客車に放りこんだ。

「出発しろ」

御者が頷き、鞭をふるった。四頭の馬に曳かれ、四輪馬車が動き出した。

「そうだ作家先生は、しばらくここに残るってよ。書きたい本があるそうだ」

「地獄に堕ちー」

公爵が力を振り絞って叫び返した。

村の目抜き通りにはおおぜいひとが出ていた。大石の命令で、三人の巡査が〝賞金稼ぎ、あえなく退散〟を見送るよう、触れてまわったのだ。四輪馬車は戸長役場の前庭を出ると、沿道にたかった村人の視線を集めて進んでいった。

「おーちらみな地獄に堕ちー。ここぁー、捨てられた貧乏人の吹き溜まりじゃ」

公爵は沿道の者に叫び散らした。

「道徳心のかけらもなえー野蛮人め！　おーちら蝦夷へ逃げこんで当然じゃ！　本土から捨てられたんじゃやけーのー！　文明もなえー北のどん詰まりで、寒さに凍えて朽ち果てるがえー！」

馬車は旅籠の前を過ぎ、あの食堂の前を過ぎ、やがて秋山楼に差しかかった。二階の女たちはみな外に出て、格子の塀の内側から、通り過ぎる馬車を見ていた。お梶もいたし、お菊もいた。なつめも手ぬぐいを吹き流しにして、格子の隙間から見ていた。

「強そうなひとに見えたけどね」

「こうしていても埒が明かん。こちらから行こうか。なんて薩摩の浪人さんばやっつけて」

「あれもインチキだって話だべ」

「男はみんなインチキだばて。アレ見ればわかるさー」

ひとりが卑猥な冗談を言い、女たちがくすくす笑った。

「お前たち、いつまで見てる。店の支度があるだろう。さあ行った行った。なつめ、厠の掃除は終わったのか。昼間は外に出るなと言ったろ」

喜八が通りから戻ってきた。女たちは小声でぶつぶつ言いながら、酒場の中へ戻りはじめた。お梶を見ると、喜八は腕を取って引き寄せた。

「お梶、これでもう誰も来やしないぜ。諦めろ」

「あたしの体は商売ものだ。気安く触るのはよしとくれ」

喜八はけっ、と笑って突き放した。

こんな男に泣き言を並べる気はない。だが喜八の言う通りだ。大石が、賞金稼ぎの公爵を食堂の前でぶちのめしてから、村にいたよそ者はどこかへ消えてしまった。中には賞金目当てにやってきた者もいたはずだが。

あの馬車がのぼりを立てて街道を戻っていけば、公爵の噂はそこらじゅうに広がる。大石に恐れをなして、もう誰も村にはやって来ないだろう。

「あねさん、じき降ってくるべ」

二階から女の声が飛んできた。

お梶はうそ寒い顔で空を眺めた。どこかで雷鳴が鳴っている。

東京にいた頃は、雷は夏のものだと思っていた。暑い夏の日の夕方、稲光とともにさっと雨を降らせ、さっと去る。いなせな男のように、そういう気持ちのいいものだ、と。

だが北海道では、冬も雷がやってくる。すると天気が大きく崩れ、たいていひどい雪になる。

お梶は溜め息を殺し、酒場の中に戻った。

15

それからおよそ四半刻、鷲路の空に稲光が走った。三秒後、軍艦の艦砲射撃のような雷鳴とともに、いきなり氷雨が降り出した。砲弾のように大つぶで、大地に叩きつけるような雨だった。

空は真っ昼間から、まるで日が沈んだように暗くなった。

稲光は二回、三回と闇を切り裂き、そのたびに雷鳴が轟いた。村人はみな家の中に引きこもり、村中がひっそりと闇の中にうずくまった。

秋山楼の喜八はおかんむりだった。こんな日に女を買いにくる者はいない。二階の矢場も、一階の酒場もがらんとして、商売はすっかりあがったりだ。

これじゃあいろりの炭がもったいない。

「爺さん、いろりの炭を——」

言いながら店に出て行って、喜八ははっと足をとめた。

昼どきにやってきた客は、空模様を見て、降り出す前にそそくさ帰っていった。残らずいなくなったと思ったが、土間の隅の縁台に、まだひとり客がいる。

よそものはこの辺の天気がわからない。降られると難儀すると思い、

「そろそろ降ってきますぜ」

と、だいぶ前に声をかけてやった。当然帰ったと思っていた。

それが、まだいる。東京からきた小説家だ。土間の縁台にノートを広げ、アイヌの爺さんの話を聞いている。そういえば〝賞金稼ぎ、あえなく退散〟の見送りにも出ていなかった。

本当にあの先生、爺さんのたわごとを本に書くつもりか。

昨夜は本当に驚いた。給金は要らない、食わせてくれるだけでいい。そう言って爺さんがこの店にやってきたのは、一年くらい前だったか。まあそれなら、と雑用係に雇ってやった。アイヌの語り部だなんて思いもしない。まさか客をつかまえ、あんな頼みごとをするなんて。それに東京の作家先生だ。アイヌのしみったれた話など面白いわけがない。すぐに飽きると思ったが。

どっこい、これが終わらない。結局昨夜は、店が閉まるまで爺さんと何やかや話をしていたらしい。おまけに今日は開店早々やってきて、また同じ席に陣取った。

爺さんには店の用がいろいろある。客とくっ喋《ちゃべ》って遊んでいられては困る。だが、作家先生は署長が連れてきた客だ。下手に文句を言うと、あとが怖い。困ったもんだと思いながら、喜八は自分でいろりの炭を片づけはじめた。

冬の雷雲は、半刻ほど鷲路村の上空に居座り、ようやく東へ通過していった。

だが、冷たい雨はやまなかった。ひとも獣も草木も、芯から凍りつかせてしまうような氷雨が音を立てて降り続いた。

その雨の中、三人の賞金稼ぎは、刻々と鷲路村に近づいていた。

誰も口をきかなかった。三人とも濡れねずみで、寒さと疲労のために口をきく余裕がなかった。中でもひとり、疲れ切った様子の男がいた。そいつは先頭を行く若僧について行けず、後ろからやってきた老いぼれに追い抜かれ、手綱にしがみつくようにして馬に揺られていた。

午後五時五分、先頭の若僧が鷲路村の木戸をくぐった。あたりは真っ暗だった。鳥居に似た木戸のそばには、戸長の大石が立てた高札が出ていたが、目に入らなかった。続いてふたり目、かなり遅れて三人目の男も木戸を通って村に入った。

高札を立ててから、新入りの巡査は交代で木戸の見張りに出向いていた。そのあたりで野良仕事をしている村人にも、ひとの出入りに注意するよう命じていた。

だがこんな夜、ひとっ子ひとり外に出ていない。三人の賞金稼ぎがやってきたことに気づいた者はいなかった。

氷雨は蕭々と降り続き、鷲路村は上空からのしかかったような闇の中に、わずかな灯りを灯していた。秋山楼の灯の中では、東京の小説家が相変わらずアイヌの爺さんの話を聞いていた。

「先生、何か食うかね。そろそろ時分どきだ」

喜八に声をかけられ、弥三郎は懐中時計を取り出した。もうこんな時刻か。

「熱い鍋でももらおうか。野菜がたっぷり入ったのがいいね。それと酒を一本、ぬる燗で。このお爺さんにも何か飲み食いできるものをあげてくれ」

「また先生の奢りかよ。いいな爺さん、何にする」

喜八が注文を聞いて戻っていくと、弥三郎はノートの覚え書に目を落とした。昨夜話を聞きはじめたときは、いつ切り上げるか、しか頭になかった。

だが五分、十分経つと、知らずにノートを開いていた。

アイヌのユーカラは力強く、またときに繊細に、彼らの物語を謡っていた。物語にとって大事なことは、真に語るべきことがあるか否か、だ。爺さんの言葉には、確実に、ひとつの民族の血が通っていた。

弥三郎も物書きのはしくれだ。それくらいはわかる。昨夜からときの経つのも忘れて記し続けた覚え書を読み直すと、深い溜め息をついた。

「爺さん、あんた運のないひとだね。よりにもよって、おれみたいな三文作家に出くわすとは」

それはこの老人というより、アイヌ民族そのものの不幸かもしれない、と弥三郎は思った。もう少しましな、少なくとも〝血を流して〟くれる書き手に出会っていたら、この語るべきものを世に伝えてくれたかも知れない。そしてもしかすると、そのことが、今アイヌが迎えようとしている〝民族の滅び〟に、何らかの形で手を差し伸べてくれるかも知れない。物語にはときとしてその力があるのだから。

そのとき入り口の戸が開いて、三人の濡れねずみが酒場に入ってきた。ひとりはライフルを肩に背負い、ひとりは鹿皮に包んだ長いものを手に提げていた。

そのときお梶は、船だんすの隠し抽斗を抱え、女たちが集まった二階のひと部屋に入った。

「もう賞金稼ぎは来てくれないって、みんな言ってる。たとえ来ても、公爵と同じでだめだって」

最初はお菊がやってきて訴えた。

「だから？」

と訊くと、だからあ、とお菊はもじもじした。

「もうじき暮れだし、そうするとじきに正月だし、とうちゃんとかあちゃんがあれだべさ」

「あれって何だい」

「だから妹もいるし、弟もいるべ」

「お前たちが仕送りをしてやらないと、郷里のとうちゃんかあちゃんが年を越せない。妹や弟がひもじい思いをして泣く。だから仇討ちはやめにして、あたしに預けたお金を返せ。そういうことかい。誰だ！　そんなこと言い出したのは」

「だ、誰ってことはねえべ。わかった。言わね言わね」

お菊は飛ぶように逃げ帰ったが、今度はなつめがやってきた。

「あねさんには本当にありがたいと思ってます。みんなもわたしのために、命より大事なお金を出してくれた。それでもう十分すぎるくらいです。どうかあねさん、お願いします。仇討ちはやめにしてくれませんか」

「あんたがそう言うんなら、仕方ないね」

で、みんなを集めるように言ったのだ。

「ここに預かったお金がある。どんどん増えて、九百五十円か六十円ってとこだ。みんなよく出してくれたよ。誰にいくら預かったか、一応書いたもんもあるから調べとくれ。あたしはびた一文、手をつけちゃあいない」

お梶は抽斗の中の金をざらざらっと開けて、書付を見せた。

「そろそろ今年も暮れだもんね。みんなの気持ちはよくわかる。だからここでお金を分けて、仇討ちはやめにしてもいい。そうするかい」

誰もすぐには返事をしなかった。

「なつめはそうしてくれ、とさ。だからいいよ、みんな正直に言っとくれ」

女たちの気持ちは揺れていた。郷里には仕送りをしたい。少しでも多く。だが、泣き寝入りするのは口惜しい。腹立たしい。このまんまじゃなつめがかわいそうだ。こっちとあっち

を行ったり来たりして、そして行き着いた先は、

「でもあねさん、賞金稼ぎはもう来ないんじゃないの」

お梶はこのときを待っていた。

「だったらこうしよう。あと半月で、この金は千円になる。それでも誰も来なかったら、諦めてお金を分ける。それまでに誰か来たら——生きた地獄みたいなやつがやってきたら、この金を使って、仇を討つ」

女たちはほっとした顔で頷いた。あと半月か。誰か来てくれるだべか。ただ来たってだめだあ、署長よりも強い男でねえと。生きた地獄？　そったら男いるがなあ。あねさん、いるど思うか。

「あたしは親の顔を知らない。親がどこの誰かも知っちゃあいない。三十九年前、生まれてすぐ大川の橋の下に捨てられた。それからひとりで生きてきた。米のひと粒だって、ひとに恵んでもらったことはない。この手で稼いで生きてきた。だから知ってる。この世には神も仏もいやしない。その代わり、ときどきいるんだ、生きた地獄みたいなろくでなしが。あたしらの仇を討ってくれる者がいるとしたら、そういうやつさ。きっと来る。半月のうちに、いや今すぐにでもやって来る。あたしが絶対に呼んでみせる」

女たちは顔を見合わせた。中にひとり、いつも少々あたたかいのがいる。

「大川ってあねさん、東京だべ。ええなあ。おらもいっぺんでええ、東京で捨てられてえ」

階下で喜八が呼ぶ声がする。お菊が飛んで出て、すぐ戻ってきた。

「あねさん、お客さんだって」

「おやおや、こんな晩に。じゃあみんな、お金はあたしが預かっとくよ」

部屋に戻り、隠し抽斗を船だんすにしまいこむと、ほどなく客が入ってきた。濡れた体を急いで乾かしてきたのか、手にした西洋風の帽子がまだ雨のしずくを含んでいる。若い男だ。二十そこそこか。

「おれは沢田五郎だ」

お梶は笑い出した。いかにも若い。

「嬉しいね。遊びに来て、真っ先に名前を名乗ってくれたのは、あんたがはじめてだ」

「遊びに来たんじゃない。賞金を稼ぎにきた」

お梶は笑うのをやめた。

「あんたが殺るのかい」

「これでな」

若い男は腰を振り、ベルトの後ろからさっと拳銃を抜き出した。

「帰りな」

「なんでだよ。おれじゃ駄目だってのか」

「命はひとつしかないよ。大事にしな」

五郎はくそっ、と帽子をかなぐり捨てた。

「おれひとりじゃない。あとふたり下にいる。歳は食ってるが、やるぜ。幕府伝習隊の残賊だ」


あとのふたりは、階下の板間のいろりの前にいた。濡れた長半纏を脱ぎ、服を乾かし、冷えた体を温めていた。熱い濁り酒を一杯飲《や》って、金吾はふう、と息をついた。やっと人心地がついてきた。

飲むか、とぐい飲みを突き出した。

だが、十兵衛は見向きもしない。どこかあらぬところへ目をやって、体をブルブル震わせている。また低い声でつぶやき出した。

「おれのせいだ。おれが屯田兵を殺ったせいだ。またアイヌが皆殺しにされる」

「心配するな。もう逃げた。お前がみんな逃がしてやったじゃないか」

「やつを殺す気はなかったんだ。五郎を連れ戻そうとしただけだ」

十兵衛は震えながら、自分の両手をじっと見た。

「おれは変わった。昔とはちがう。真人間になった。なんで殺しちまったんだろう。なんでおれはあんなこと――」

「もうやめろ。あんたが悪いんじゃない」

「おれのせいだ。おれのせいでみんな死ぬ」

「あんたは熱があるんだよ。風邪を引いて、熱に浮かされてるんだ。もう考えるのはよせ。ひと晩ぐっすり眠れば治る。今夜は屋根の下で眠れるぞ。五郎が戻ってきたら、ここを出て――あのガキ、何をぐずぐずしてやがる」

　金吾はくそ、とひとりごちた。尻に火をつけられたみたいに落ち着かない。ああくそ。どうなっちまったんだ。ちら、と横目を使い、濁り酒をぐいぐい飲んだ。

　十兵衛の様子がおかしくなったのは、アイヌ集落で屯田兵を斬り殺してからだ。騎兵の軍刀を奪って斬りつけたときは、あの〝ひと斬り〟が蘇った、と思わず金吾は狂喜した。これで鷲路の賞金首はこっちのものだ、と。

　逃げた歩兵が宿舎に知らせれば、屯田兵は必ず報復にやってくる。通りすがりの和人がやったことで、集落のアイヌは関知していない――という理屈は通用しない。アイヌ集落の中で、屯田騎兵科の将校が斬り殺されたのだ。連中は決して許さない。

「すまんが、あんたら村を捨てて逃げてくれ。ここにいると殺される」

アイヌははじめ嫌がった。生まれ故郷を追われ、やっと開拓した集落だったろう。そう簡単に捨てられるわけがない。

だが十兵衛は、あの氷雨降る中、馴れないアイヌ語で辛抱強く説得した。悪くすると、連中はあんたらアイヌを皆殺しにして、家を残らず焼き払う。災禍を逃れるには、いったん姿を隠すしかない。そう言ってひとりひとり説いて回った。五郎は途中で諦めたが、十兵衛はとことんやめなかった。彼らを動かしたのは、おそらくその気力だったろう。

そこまでは、まちがいなくあの〝ひと斬り〟だった。

伝習隊にいたときも、たったひとりで敵陣に斬りこむ剛毅と、敵の動きを絶えず計算に入れる細心さを併せ持っていた。あの昔の十兵衛そのままだ、と。

だが森の中へ戻り、雨の中を再び鷲路に向かうと、急におかしくなった。先頭を行く五郎からどんどん遅れ、後ろばかり振り返る。何か用か、と思って近づいたら、十兵衛はもっと後ろ、金吾の背後を見ていた。

「どうした」

「誰か追ってきやしないか」

金吾はいったん馬をとめ、後方の気配を探った。林を叩く雨の音がするだけで、何の気配もない。

「気のせいだろう」

だが十兵衛は納得しなかった。追ってくる。誰かおれたちを追ってくる。そう言ってブルブル震えだした。とにかく行こう。こんな山の中じゃ何ともならん。どこへ行く。鷲路だ。決まってんだろ、早く行け。馬の尻を蹴とばすぞ。後ろから追い立てるのに難儀したものだ……。

「なあ金吾、誰かに見られてないか」

金吾はまわりを見回した。さっき五郎を二階へ上げた店の主人が、奥の調理場へ引っこんだ。ほかには土間の隅の縁台に、客がひと組。眼鏡をかけた男と、アイヌのような顔つきの爺さんがいるだけだ。この天気のせいだろう。店中ががらんとして、雨の音だけが騒がしい。

「誰もいないよ」

「いや見てる。誰かがじいっとおれたちを見てる」

「誰が」

「あいつだよ。おれが斬った屯田兵だ。あの森からずっとおれたちの後をつけてきてる」

「熱のせいだ。あんた熱があるんだよ」

金吾はますます落ち着かない。尻をもぞもぞ持ちあげた。白粉を塗った女の顔がふたつ三つ、二階の回廊に覗いた。ひとりが手すりの隙間から手招きした。

「ちょっと二階の様子を見てこよう。あいつ、女に引っかかってやがるんじゃないか。ま、いい女がいたら、ついでにおれも……そうだ十兵衛、どうせ賞金が入る、あんたもどうだい、よかったら二階の女と……よかないか。この辺にかみさんがいるもんな。だったらこれか」

ぐい飲みを十兵衛の前に置き、酒を注いだ。

「一杯飲れよ。落ち着くぜ。すぐ戻るから、ちょっとここで待っててくれ」

金吾はライフルをつかみ、何となくせわしげに大階段を上がっていった。

目の前にぽつんとひとつ、酒を満たしたぐい飲みが残った。しばらく眺め、十兵衛は恨めしそうに遠ざけた。

いろりの炭は真っ赤だった。濡れていた服も乾き、体も十分温まった。だが、悪寒がする。体の震えがとまらない。

十兵衛は長半纏を肩にかけた。背中を丸め、襟元を掻き合わせた。

それから五分経った。五時間だったかも知れない。ここにいたが、ここにはいない。そうとでも言うしかないような時間だった。

入り口の戸が開く音は聞こえなかった。濡れた靴が四つ五つ、土間に踏みこんでくる音も。店の主人が低く呼びかけた声も。何ひとつ耳に入らなかった。

十兵衛の頭には、昼間アイヌ集落で斬り殺した屯田兵のことしかなかった。そしてひっきりなしに震えていた。

だが、その音は聞き逃さなかった。いまだかつて、ただの一度も聞き逃したことはない。

十兵衛ははっと顔をあげた。その背中に、コツンと何か硬い物が当たった。たった今撃鉄を上げた拳銃の銃口だ。

「動くな」

16

十兵衛の背中に拳銃を突きつけたのは伊藤巡査だった。

新入りの三人は、それを取り囲むように土間に立って、ライフルを構えている。署長の大石も大刀を提げて、大階段の下にのそりと立っている。

よそものが三人やってきた。銃や刀を持っている、と喜八が知らせを寄こしたのだ。

「両手を肩の上にあげろ。ほかのことはするな。勝手に動いたら撃つ」

伊藤巡査は後ろへ数歩下がった。

「よし。こっちを向け。立つな。膝をついて、ゆっくり回れ」

よそものは言われた通り膝で立ち、体の向きを変えた。

みすぼらしいなりをした、みすぼらしい男だった。色褪せた長半纏に野良着のような着物を着て、下は泥がこびりついた細袴。髪は薄く、不精髭は伸び、熱っぽい顔には精彩がない。おまけにブルブル震えている。

そばに荷物と萱で編んだ笠、それに鹿皮に包んだ長い物。

「どこから来た」

「石狩のいなかだ」

「職はなんだ」

「百姓だ。いや、食うためなら何でもやる。山の開墾、材木の切りだし、道の開削」

「なぜ鷲路へ来た」

「たまたまだ。仕事を捜していろんなところを回っている」

「お前の足許にあるのは何だ。鹿皮にくるんだ、その長いやつだ」

「ただの玩具だ。何でもない」

「こっちへ寄こせ」

「どうしてだ。あんたら警察官だろう。どうしてひとの物を取り上げる」

「高札を見なかったのか。村の木戸に立ててあったろう。刀、鉄砲、いっさいの武器は持ちこみ禁止だ。違反した者は、武器を取り上げて厳罰に処す」

「雨で……雨で……」

よそものはものが言えないほど震え、哀願した。

「雨で高札が見えなかったか」

伊藤巡査はどうします、という顔で大石を見た。

四人の巡査は詰襟の制服だが、大石はいつものように私服だった。お気に入りのツイードの上着に、幅広のネクタイは鷺柄だった。大刀を提げ、ぶらりと近づいてきた。

「あんた、名前は」

「本多、為介」

「元は侍か」

「いや。百姓だ」

「おれは大石。鷺路の戸長と警察署長を兼務している。ちょいと見せてもらうぜ」

大石は大刀の鞘尻をひっかけ、長い物を包んでいる鹿皮をはいだ。中から現れた刀が一回転してゴトリ、と音を立てた。

「いい玩具を持ってるじゃねえか、本多為介殿」

自分の大刀は腰に差し、よそものの刀を取り上げた。まだそのとき、大石の口許にはこばかにしたような笑みがあった。顔色が変わったのは、抜いたときだ。札幌の刀鍛冶がひと晩かけて研いだ刀身がギラリ、と光った。

「これは百姓が持つような玩具じゃない。お前、何者だ」

抜いた刀の切っ先を、よそものの顎にあてた。あてただけだ。が、その刃はまるで生きもののように滑り、喉から顎へ赤い糸を引いた。

その刃に押され、よそものの顔が上を向いた。二秒。大石の顔に不審そうな色がよぎった。それが次第に驚きの色に変わり、五秒、いきなり笑い声がはじけた。

伊藤巡査も三人の新入りも、調理場から覗いている喜八もけげんな顔をした。二階の回廊に出てきた女たちも、土間の隅のテーブル席にいる小説家も。みな何が起きたかわからない。

大石はひとり大笑いすると、

「生きていたか」

刀を鞘に収め、伊藤に放った。

「お前ら、こいつの顔をよく見ておけ。作家先生もこっちへ来て、こいつの顔をよく見ろ」

弥三郎がなにごとかという顔で、土間の隅から近寄ってきた。

「この顔が見えるか。こいつが元幕府伝習隊のひと斬り十兵衛だ」

床に膝をつき、天井の灯りに顔をさらされた十兵衛は、ブルブル震えながら首を振った。

「おれは、ただの百姓だ」

大石はその顔を殴りつけた。膝をついた十兵衛の顔は、大石の胸の高さにあった。拳を叩きこむにはもってこいの高さだった。腰の入ったパンチが十兵衛の顔面に炸裂した。

十兵衛の体は吹っ飛び、頭からいろりの中に突っこんだ。火花と灰が猛然と舞いあがり、髪の毛が燃えるいやなにおいが立ち上った。十兵衛は悲鳴をあげて半転し、懸命にいろりの中から這い出した。ちりちりに焦げた髪が頭から逆立ち、鼻血がだらだら垂れた。

大石は三歩踏みだし、その顔を蹴りあげた。板間に上がるとき、大石は銀の角鋲がついた自慢の長靴を脱いでいた。もしはいていたら、十兵衛の顔面は骨まで切り裂かれていただろう。

「どうした、ひと斬り」

また蹴った。

「本性を見せろ」

また蹴った。

「何なんだ、お前。やられっ放しか。なんとかしろ！」

大石は蹴った。蹴った。蹴り続けた。

「イ、イイキそうになってきた。あんたいいな。溶けそうだ」

五郎は思い切り熱かった。汗びっしょりで動いていた。

女を買いに来たのではない。商談だ。階下にロートルをふたり待たせている。速攻即決。

さっと話を決めて、すぐに逃《ふ》けるつもりだった。賞金稼ぎはご法度だ。警察にばれたら面倒だ。ぐずぐずしている暇はない。

なのにどうしてこういうことになったのか。

「手付をくれ」

そうだ、あれがきっかけだった。やばい仕事を受けるんだ。手付をくれ、とお梶に言った。半金と言いたいが、初顔だ。百円でも二百円でもいい。出してくれ。

当然の要求だと思ったが、ところが敵もしたたかだった。あんたたちがその金を持って逃げない、という保証がどこにある。そこは信用してくれよ。だったらあたしらを信用しな。ちゃんと仕事をしてくれたら、きっちり千円払うから。仕事を受けるのに、ただってわけにはいかないよ。でもね、あたしらは金の成る木を持ってるわけじゃない。この身を削って貯めた金だ。命より大事な金だ。そう簡単には渡せないね。それじゃあおれの立場がない。下のふたりに何て言えばいい。

だったらどう、とお梶は言った。手付に遊ばせてあげる。下のふたりも呼んで、遊んでいきな。どうせ今夜は客なんか来ない。ひと晩たっぷり楽しませてあげる。ここはいい女が揃ってるよ。あんたの好みはどういうの？

「ちくしょう。駄目だ。ああイク、イク……」

そのときそっと戸が開き、素っ裸の金吾が服を抱えて飛びこんできた。

「逃げるぞ。五郎。服を着ろ」

五郎は仰天して体を引いた。途端に白濁したものが空中に迸《ほとばし》り、身を起こしたお梶の顔面を打った。やだ、この子生臭い……。

それがふたりの逃走のサンバのはじまりだった。


異国の兵隊の銀のラッパのように、どこかで雷鳴が鳴った。また雷雲が鷲路村の上空に近づいていた。

十兵衛は酒場の板間を這っていた。顔を蹴られ、あばらを蹴られ、ところ構わず蹴り飛ばされた。体は血まみれのずだ袋だった。それでも気力をふりしぼって這っていた。

「かかってこいよ。それでも伝習隊か。ひと斬りか」

大石がときおり苛ついた声をあげた。

だが、十兵衛の意識は深い霧の中だった。方角もなく、あてもなく、ただ這っていた。もしそのとき頭に何かあったとしたら、その場にじっとしていられない、という動物的な本能だけだったろう。

「がっかりさせてくれるよなあ。あの噂は何なんだ」

大石は足袋の爪先を横腹にこじ入れ、蹴りあげた。十兵衛の体が二回、三回と横転し、板間の隅にあった酒瓶にぶつかった。倒れた酒瓶がいびつな半円を描き、十兵衛の手許にやってきた。茶色いバーボンのボトルだ。どれほどの意識があったかわからない。十兵衛の体に電気が走り、その酒瓶をつかんだ。

だが、振り上げることはできなかった。その寸前に大石が踏みこみ、十兵衛の手を踏んだ。あの長靴をはいていたら、指の骨がグシャッと砕けていただろう。

大石は勝ち誇って笑った。酒瓶を奪い取り、十兵衛の背中に馬乗りになった。

「悪党には目印が必要だ。そう思わないか、十兵衛」

酒瓶のネックをつかみ、床に叩きつけて瓶を割った。持ち上げると、尖った割れ目がギラついた。

「目印をつけてやるよ。そうすれば二度とひと前に出て来れねえ」

十兵衛の髪をつかみ、顔を持ち上げ、酒瓶の尖った割れ目を右の頬にあてた。そばで拳銃を向けていた伊藤巡査が思わず目をそらせた。ほかの者も同じだった。もう誰ひとり直視している者はいなかった。

尖ったガラスが十兵衛の頬に食いこみ、頬を五センチ切り裂いた。血が塊になりドロリ、と傷口から垂れた。

大石の哄笑と十兵衛の絶叫が同時にあがった。

「目印は、どっちから見てもわかるようにしないとな」

大石は血まみれの酒瓶を持ち替え、今度は十兵衛の左の頬にあてた。尖った割れ目が頬に食いこむ寸前、

「やめて！」

悲鳴のような声がして、ほとんど同時に銃声が響いた。

大石は驚いて店内を見まわした。この村で、自分の許可なく発砲する者がいるとは思いもしない。雷の音ではなかったか。

だが大階段の真ん中で、女が長い銃を構えていた。二階の女、顔を切られたあの女だ。

――なつめ！

大石は、自分が女郎の名前を思い出したことにうろたえた。

「喜八、あれはお前の猟銃か」

しばらく経って、「へえ」と声がした。見ると、喜八も呆然と口を開けている。

「だったら二連発だな。もう一発撃てる。ちがうか」

「そうだ、もう一発」

そこで喜八はやっと我に返り、この野郎なつめ、何しやがる！　と大階段の方に駆けだそ

うとした。

「来ないで。撃つわ」

なつめが涙声で叫んだ。喜八がとまった。

「お願い。やめて。もういいでしょう。そのひと逃がしてあげて」

大石はその目線をたどって、斜め下を見た。十兵衛がまた這っていた。顔からおびただしい血を流しながら、芋虫のように床を這っていた。

「どけ、伊藤」

伊藤巡査が飛びのいた。そして恐怖の色を浮かべ、床を這ってやってくる十兵衛を見つめた。体はほとんど動いていない。床に肘をつき、腕の力だけで体を引っぱって這っている。

大石はふと耳をすませた。十兵衛が何か言っている。

「かん、じ……ゆき……の……」

ほとんどうわ言だろう。意識があるとは思えない。まるで気絶したあとの心臓みたいに、十兵衛の体はどこかへ向かって這っていた。誰も口をきかなかった。誰も動かなかった。ただ十兵衛を見ていた。

十兵衛は板間の縁まで行くと、頭から土間に転がり落ちた。動かなくなった。

大石は伸びあがり、土間に目をやった。

「死んだか」

どこか近くに落ちたのだろう。そのとき激しい落雷の音がした。

「う、動いてます」

雷の轟音が消えると、誰かが半分かすれた声をあげた。土間に立っている新入りの巡査だ。

大石はまた伸びあがった。十兵衛が土間を這っていた。肘を使い、じりじりと入り口に向かって這っている。

弥三郎が戸口の横に立っていた。顔が固まり、幽霊でも見ているように血の気がない。

十兵衛がやっと戸口にたどり着いた。手を伸ばした。が、入り口の戸に、手が届かない。

「開けてやれ」

大石はひっそり声をかけた。

「ひと斬り十兵衛は死んだ。そいつはただの抜け殻だ」

弥三郎がびくっと動き、戸を開けた。氷雨と風が大騒ぎして入ってきた。外は真っ暗だった。まるでワグネルのオオケストラの響きのように、冷たい雨と風が狂ったようにはしゃぐ闇の中へ、十兵衛はじりじり這いだした。

大石は最後まで見ていなかった。振り向くと、もうなにごともなかった顔だった。大階段の下へ歩き、半分上がり、なつめの手から猟銃をもぎ取った。片手を大きく振り上げたときは、みんななつめを殴る、と思った。なつめも両手で顔を覆い、しゃがみこんだ。

だが、大石は何もしなかった。振り上げた手の持っていき場所がない、そんな顔で舌打ちをくれ、大階段を上がっていった。

「なつめ、ここ掃除しろ。血はしっかり拭き取るんだぞ」

喜八が腹いせに怒声を飛ばした。

回廊に出た大石は、二階の部屋を出たり入ったりして調べまわった。ほかのふたりのよそものがいないとわかると、お梶の部屋に入っていって、お梶の顔を張り飛ばした。

「お前が窓から逃がしたのか」

「勝手に逃げだしたのさ」

お梶が顔を押さえ、窓の前で起き上がった。大石はまた手を振り上げた。

「やめてくれ、署長。商品だ。傷物にしねえでくれ」

喜八が血相を変えて飛んできた。大石はお梶を払いのけ、窓を開けようとした。急に風の音が高くなり、隙間から冷たい雨が降りこんできた。稲光が走り、雷鳴が轟いた。

くそ、と窓を閉めた。

「あいつら、賞金稼ぎだろう。堀田兄弟を殺れと頼んだのか」

「何も頼まないよ。あのひとたちはただのお百姓。ここへ遊びに来ただけさ」

女たちが「だべだべ」と恐る恐る声を合わせた。

「だったらなんで逃げだした」

「仲間があれだけ痛めつけられたのよ。あんなの見たら、誰だって逃げ出すわよ」

大石はいったん回廊に出ると、

「外を見てこい。ほかのふたりがいたら捕まえろ」

階下の巡査に怒鳴り、また部屋に顔をつっこんだ。

「ばかが！　鼠を殺すのに、狼を引き入れやがって」


秋山楼から北へ約一里、白樺の林の中にあるその小屋にも、雷鳴は何回となく轟いた。ずぶ濡れになって十兵衛を担ぎこんだふたりは忙しかった。

「火を熾《おこ》せ。炭を放りこんで、どんどん熾せ。ランプ、そっちに置いてないか。荷物の中から酒を出してくれ。それと針と糸。布っきれも何かあるだろう」

「ひと使いの荒い爺いだな。酒なんか飲んでる場合か。針と糸？　そんなもの何に使う」

「縫うんだ」

「何を」

「顔の傷だ。傷口を縫わないと死んじまうぞ。酒は消毒に使う。早くしろ」

暗くてよく見えないが、十兵衛の顔が血でヌルヌルする。肌着をきつく巻きつけ、金吾はその頭をそっと抱きかかえた。

「じきに手当てをしてやるからな」

酒場の窓から逃げ出すとき、お梶が教えてくれた隠れ家だ。なぜだか理由は知らないが、矢場の女たちしかその小屋には近づかないと言う。外に出ちゃ駄目。明日になったら食べ物を届けるから。

二階の窓から下の通りに滑り落ちたときは最悪だった。凍りつくような雨にびしゃびしゃ打たれ、豚の糞みたいな泥にまみれた。心底、悪天候を呪ったものだ。

だが、おかげでひとついいこともあった。酒場の裏につないでおいた馬を、連中が見逃してくれたことだ。やつらも雷雨の中を歩き回るのがいやだったのだろう。

馬を引き出し、隠れて酒場の様子をうかがった。逃げようぜ。十兵衛はどうにもならない。捕まった。そうだ、今は逃げるしかない、と金吾も思った。

すると酒場の入り口の戸が開いた。出てくる者はなく、扉は閉まった。通りは真っ暗で何も見えない。やがて稲光が走ったが、ほんの一瞬のことで目を疑った。

十兵衛が、泥まみれになってぬかるみを這っていた。顔は見えなかったが、十兵衛以外にありえない。泡を食って駆け寄った……。

「本当に顔を縫うのかよ」

やっと五郎がランプを灯し、酒瓶をぶら下げてそばに来た。

「痛くねえか」

「お前のシャツに訊いてみな。よく見えん。ランプをもっと近づけてくれ」

幸い、十兵衛は気を失っていた。頬の傷口に酒を吹きかけると、金吾は慎重に針を動かした。針が頬の肉を突き刺し、通り抜けるたびに呻き声があがった。が、最後まで、十兵衛がはっきり意識を取り戻すことはなかった。

丸太を積んだその小屋は、土間しかなかった。広さは六畳くらいか。真ん中にいろりがあり、隅にむしろが敷いてある。そこに寝藁を広げ、十兵衛を寝かせた。

「やつら、卑怯な手を使ったんだ。でなきゃ、ひと斬り十兵衛がみすみすやられるわけがない。だろ」

「そうだ」

もちろんそうだ、と金吾は言い、酒場のいろりの前でブルブル震えていた十兵衛を思い出した。

「ちくしょう。なんでこんなことに……どうすりゃいいんだ……」

「服が乾いたら寝ろ。明日になれば、何か思いつく」

「何を」

「何かましなことだ」

ふたりは自分の寝藁を敷き、濡れた服をいろりの炭にかざした。だが、服が乾く前に、十兵衛が呻きだした。意識が戻って痛みがぶり返したか、猛獣のような声だ。

「わかるか、おれだ」

金吾が枕許へ行って、耳に囁いた。十兵衛はまたブルブル震えだした。

「死ぬのか、おれは。死にそうか」

「大丈夫だ。もう峠は越えた」

「死にたくない。金吾、助けてくれ。おれが死んだら子供たちが」

「死なせはしない。安心しろ」

「話すなよ。子供たちに話すんじゃないぞ、おれの昔のことは」

「わかってる。だからもう寝ろ。朝になればよくなる。痛みも消える。目をつむって、ゆっくり寝ろ」

だが十兵衛は呻いた。意識が半濁したか、わけのわからないことを叫び、ひっきりなしに呻き声を上げた。

五郎は寝藁にくるまり、耳を押さえた。何なんだ。あれがひと斬り十兵衛かよ！

17

薄青い酒杯の底にセイントエルモの灯がともったように、朝が来た。十兵衛はまだ呻いていた。その声で目を覚まし、五郎は寝藁を這いだした。頭が痛い。寝不足だ。何しろ猛獣のような呻き声が、ひと晩中続いた。ほとんど寝た気がしない。

小屋の外に出た。雨は上がっていたが、空は鉛色だった。死にかけた男の呻き声みたいに、気の重い空模様だった。

水たまりで顔を洗い、口をすすぎ、小便をして小屋の中に戻った。金吾が起きて、十兵衛の枕許で顔を覗きこんでいる。呻き声がしない。

「大丈夫かよ。生きてるか」

「息はしてる」

「本当に助かるのか」

金吾は無言で立ってきて、いろりの炭の具合を見た。

「死んじまったらどうする」

「どっかに埋めてやるさ」

「そうじゃない。やるんだろ。あんたとおれと、ふたりでも」

「お前、本当はアイヌだろ」

　五郎は短くひるみ、居直った。

「だったら何だ。松前藩の御用商人が、アイヌの娘を無理無理函館に連れていって、妾にした。威張りくさって強奪する和人と、されるまんまのアイヌの血が混じって、くそみたいなおれが生まれた。悪いか」

「アイヌのおっかさん、どうしてる」

「おれを産んで、すぐ死んだ。父親に殺されたのさ。おれが腹にできた途端に邪魔にして、捨てた。産婆もつけなかった。おふくろは物置で、ひとりでおれを産んで、死んだ」

「父親は、お前を育ててくれなかったのか」

「女中に預けて、知らん顔さ。母屋にも入れてくれなかった。庭でおれを見かけると、一刻も早く消えてくれという顔をした。でも、ガキがひとりじゃ生きていけねえからな。我慢して、我慢して、その間にアイヌ語と交易のやりかたを覚えて、十四のとき、父親の金をかっぱらって逃げた」

「はじめから知っていたら、お前を仲間にはしなかった」

「犬は仲間にしないってか」

「いや、ちがう。和人はアイヌの反抗を許さない。アイヌの血が混じったお前が和人を殺したら、死ぬまで追われる。この先お前が生きる場所はない」

「遅いよ。おれはもう五人殺してる。そう言ったろ」

金吾は何か言いかけたのをやめ、黙って桶の水を替えにいった。

それからおよそ一刻、お梶が馬に乗ってやってきた。いなばの白兎でも助けにきたみたいに袋を担いで入ってきて、

「これも手付のうちだ。あとで賞金から引くからね」

そう言って筵の上に、食料やら酒、薬、古着、サラシ……と手当りしだい並べていった。

「あんたらは、店の外には出られないんだと思っていたよ」

「普通はそうだ。女郎は廓の外には出してもらえない。出したら、逃げちまうからね。でも、ここは東蝦夷のどん詰まりだ。女郎の逃げ場なんてありゃしない」

お梶は笑い、壁の棚から鍋と食器をおろした。

「煮炊きは自分でしておくれ」

「この小屋は、何だ」

五郎が訊いた。朝になって気づいたが、丸太の壁に、最低限必要な日用品がひっかけてある。二、三人が、半日かそこら過ごせるように。

「何だろうねえ、この小屋は。まあ女郎たちの駆け込み寺ってところかね。小屋へ行くって言うと、喜八も仕方ねえって出してくれる。あたしら女郎のほかには誰もやってこない」

「寺は変だろ。本尊がない」

「あるよ、そこに」

お梶は人差し指を上に向けた。灯りはそこまで届かないし、普通はそんなところへ目がいかない。だから金吾も五郎も驚いた。三角になった天井のいちばん高いところの横木に、何かひもで吊るしてある。大きさは三寸くらい。木彫りの人形のように見える。

「お地蔵様さ。女たちは首くくり地蔵と言ってる」

「よせよ。縁起でもねえ。冗談か」

五郎が気味の悪い顔をした。

「よくご覧。あれは天井に吊るしてあるんじゃない。お地蔵様が、天井に縄をかけて首をくくってるんだ」

確かにそうだ。よく見ると、上から輪っぱのついた縄が一本垂れていて、お地蔵様はその輪っぱに首をつっこんでぶらぶら揺れている。

「わけありのようだな」金吾が訊いた。

「この小屋を作ったのは、最初に鷺路に入植した開拓民だそうだ。そのひとが流行り病で亡くなって、それからは無人でほったらかしになってたんだけどね」

お梶は煙管を出し、一服つけて話し出した。

「何年か前、女郎がひとり、札幌の女郎屋を足抜けしてこっちへ逃げてきたそうだ。店の主人があこぎな野郎で、ひどい商売をさせる。とうとう耐え切れなくなったわけさ。追っ手をふりきってどんどん来たが、ここが街道のどん詰まり。追われて山へ逃げこんで、たどり着いたのがこの小屋だ。その頃には、もう身も心も疲れ切っていてね。捕まれば、どうせひどい拷問で半殺し。そんならいっそひと思いにってわけで、その晩、天井の横木に縄をかけて首をくくった」

ぷかりと煙を吐き、煙管の先を五郎に向けた。

「ちょうど今あんたが立ってるその辺だよ、その娘が首をくくったのは」

五郎は真っ青になって飛びのいた。

「ところがね、朝になるとその娘、目を覚ましちまった。おかしい。確かに昨夜……と、よくよく思い出してみると、首をくくるときに握りしめていたお守りがない。郷里の母親が持たせてくれたその娘のたったひとつのお守り――木彫りのお地蔵様が」

五郎はごくん、と唾を呑み、そっと天井を見上げた。

「ああ、そうだ。あんたが今見てるあの通りさ。お地蔵様が、天井の横木に縄をかけて首をくくっていた」

「本当かよ」

しばらく経ってそっと言い、それから大声で叫びまくった。

「信じらんねー。やめてくれ。作り話に決まってらあ」

「作り話でいいじゃないか。女たちがときどきここに来て、あのお地蔵様を見て、心を慰めてるんだから」

お梶はトン、といろりに灰を落とし、ふところから紙切れを取り出した。

「そんなことより大丈夫かい。肝心なものを忘れていって」

五郎はあー、と叫んだ。昨夜、お梶に見せられた賞金首ふたりの似顔絵だ。あのあと逃走のサンバになって、持ってくるのを忘れてしまった。

「ひげだらけの熊みたいなのが兄の堀田佐之助。こっちの優男が弟の堀田卯之助。ふたりともホロチカベで牧童をやってる。今頃は山に入って鹿を撃ってるという話だ」

金吾も似顔絵を覗きに来た。

「いつ殺ってくれる」

「いつだって。なんならこれから行って、殺ってこようか。ホロチカベってどの辺だ」

五郎は気勢をあげたが、金吾がとめた。

「二、三日、待ってくれないか。あいつもきっとよくなる」

「おっさんよ、開拓民のふたりや三人、おれたちで十分殺れる。さっさと行って、殺っちまおうぜ」

「殺るときは十兵衛も一緒だ。三人で行って、三人で帰る。そう決めたろ」

お梶は小屋の奥へ行って、寝藁に横たわっている十兵衛の様子を眺めた。傷口を縫ったあと、額と目だけ出して、肌着をきつく顔に巻きつけてある。

「このひとがひと斬り十兵衛だって本当かい」

「そうだ」

「あたしも噂を聞いたことがある。元々は江戸の無宿人だろ。江戸でさんざん悪さをして、お上の磔獄門を逃れるために、幕府の伝習隊に入った。どうしようもないろくでなしだね」

「ああ、そうだ」

「顔を切られたようだけど。傷口は大丈夫かい」

「おれが縫った」

「金創はそうか、あんたらの方が馴れてるね。でも、ひどい熱だ。おこりみたいに震えてる」

額の手ぬぐいを取り、桶の水にひたしてまた載せた。

「効くかどうかわからないけど。あたしが今持ってきたその薬草、煎じて飲ませるといい。

熱冷ましだから」

お梶はやがて立ってきて、外套を手に取った。

「また明日、誰かに酒と食べ物を運ばせるわ」

「もう帰るのか」

五郎が不平を鳴らし、お梶のまわりをうろうろした。

「なあ、もういっぺんいいだろ」

「手付はもう払ったよ」

「なら賞金の前借りっ」

お梶はだめだめ、と笑い、五郎は頼むよう、と両手で拝んだ。

「しょうがねえな。おい、やる前から賞金を全部使っちまうんじゃないぞ」

金吾が仕方なく腰をあげた。

「おれは小便でもしてこよう」

「大きい方にしてくれよ」

金吾がしばらく時間をつぶして小屋に戻ると、十兵衛がまた唸り声をあげていた。五郎はいろりに鍋をかけ、感心なことに薬草を煎じている。

「またはじまったよ。何かぶつぶつ言ってるんだけどさ、お経みたいに。何なんだ」

額の手ぬぐいは生温かくなっていた。桶の水も温《ぬる》い。外に出て水を替え、冷水にひたした手ぬぐいをまた十兵衛の額に載せた。

熱は引かない。十兵衛が意識を取り戻す気配もない。猛獣のような唸り声の合い間に、ぶつぶつ何か言っている。すまんウララ、すまんウララ……。

「いやな声だ。うんざりだ。本当に助かるのか」

金吾は長いこと十兵衛の顔を見つめていた。

「駄目かもな」


無明長夜の夢の中、十兵衛は火の玉に追われていた。青白い火の玉が、真っ暗な闇の中をいくつもいくつも飛んでくる。必死で逃げた。恐怖にかられて逃げまくった。しかし、火の玉は追ってくる。

振り向き、目の前にやってきた火の玉を斬った。そいつはカッと目を剝いた。

「返せ。それは俺の酒だ」

あいつだ。あのときの討伐隊にいた副官だ。

「ちくしょう。おれには女房も子もいるんだぞ」

闇の中を追ってくるのは火の玉ではなかった。生首だ。昔、十兵衛が斬った男たちの生首だ。それが空中に血を垂らし、闇の中をいくつもいくつも追ってくる。

　また逃げた。恐怖がつのり、必死で逃げた。

　しかし、生首は追ってくる。群れをなして迫ってくる。ついにひとつ、歯を剝いて後ろ髪に食らいついた。十兵衛は叫び、刀を振り回した。

　火の玉は難なく刃をかいくぐった。そして死骸にたかる蠅の群れように、一斉に十兵衛の体にとりついた。肩に食いつき、腕に食いつき、耳に、鼻に、顎に……ところ構わず食いつき、ぶら下がった。十兵衛は恐怖のあまり絶叫した。

　その声で目が覚めた。

　女の白い顔が目の前にあった。濡れた手ぬぐいで、十兵衛の顔を拭いている。だが、おかしい。女の顔がつぎはぎだ。白い布を何枚か、赤黒い糸で縫い合わせたように見える。

　目がおかしくなったか、と瞬いた。途端に激痛が走った。

「どこが痛いですか」

「顔だ。千切れそうだ。どうなってる」

「傷口を縫って、サラシが巻いてあります。わたしも何日か、顔が千切れそうでした」

　十兵衛は薄く目を開いた。

「よかった。もう目を覚まさないいんじゃないかって、お仲間が心配してたの」

「あんたか、顔を切られた女って。そうか、よかった。てっきり死んだと思っていた」

女はなつめだと言い、ちょっと気まずそうに腰を浮かせた。真正面から顔を見られるのに馴れていないのだ。

「これ、あなたのものでしょう。お店に残っていたから、持ってきたわ」

十兵衛は少し頭を起こした。小屋の隅に萱の編笠と半長靴、それに大石に奪われた刀が置いてある。はっとなって、ふところを探った。

あった。ウララピリカのタマサイはふところに入っていた。

酒場で大石に痛めつけられたとき、これで駄目かと何度も思った。そのたびにふところのタマサイを握りしめ、必死に意識をつなぎとめた。まだ死ねない。家に帰って、このタマサイを雪乃に手渡すまでは。その一心で、板間を這った。這い続けた……。

「あの男、よく刀を返してくれたな」

なつめはなんとなく顔を赤くした。

「この小屋は？」

「大丈夫。あたしたち以外、誰も来ないから」

「おれはどれくらい寝てた」

「あれから三日。今は四日目のお昼前」

「その間ずっとあんたが？」

「ほかの子も、暇を見つけて代わる代わるやってきたわ。わたしはこんな顔で、お客さんもつかないから。お仲間のふたりも、ずっとあなたの看病をしていたわ」

「金吾と五郎はどこにいる」

「ホロチカベの牧場へ、賞金首のふたりを捜しに行ったわ。わたしが、あなたのことは看てると言ったものだから。何か作りましょうか。お腹空いてるでしょう」

「ああ頼む」

十兵衛は起き上がろうとした。傷は痛むが、体の熱は引いている。おんぶお化けみたいにとり憑いていたものが、気のせいかすっかり消えている。だが、さすがに手足に力が入らない。

「すまん、ちょっと立たせてくれるか」

ドミニカびとの目のように青い空の下、外は一面の雪景色だった。あの晩の氷雨は次の日にやみ、それから曇天が続いたが、昨日一日雪が降って景色が一変したという。

その小屋は白樺林の外れにあり、東に視界が開けていた。雲白く、空はどこまでも晴れあがり、太陽は半ば空に溶けて黄金色だった。雪を頂いた遠くの山々は、陽光を浴びて銀色に輝いている。

暑寒別岳のふもとも今頃は雪に覆われているだろう。

小屋の戸口で陽を浴び、家に残してきた寛治と雪乃のことを考えていると、なつめが食事を運んできた。椀に盛ったおかゆと、魚と野菜の鍋だった。

おかゆは暖かい湯気を立て、驚いたことに真っ白だった。白米のおかゆなど何年振りだろう。少なくとも今、家で十兵衛の帰りを待っている子供たちは、生まれてからいっぺんも食べたことがないはずだ。こんな父親が世間にいるか。

「困るな。あんたらだって、こんなのを食べているわけじゃあるまい」

「いいのよ。これは賞金の前払いだって、お梶さんが言ってる。たくさん食べて」

それでも躊躇しながら箸を取った。温かいおかゆが胃に入ると、そのたびに少しずつ生き返っていく気がした。魚も野菜も柔らかく煮こんであっていい味だった。なつめはそばに腰をおろし、膝を抱えて眺めていた。

「いやだ。見ないで」

なつめは顔に手をあて、傷跡を隠そうとした。

「すまん。あんたに似てるひとを思い出したんだ。よく似てる」

「誰？」

「昔、おれの命を助けてくれた女だ」

あれから十一年になる。あの女がいなければ、十兵衛は確実にあのとき死んでいただろう。

「夕張のキリシタン村へ戻ってみろ。もう焼け跡しか残っていない」

「だからお前だ。お前が歩くと、ひとが死ぬ」

「早くくたばれ。消え失せろ。お前はこの世にいてはならん」

死に際に説教をしていった討伐隊のあの副官、名前はなんと言ったろう。あれは激しい戦いだった。

最後にひとり逃げ出した兵は、少し先で馬に乗ろうとしていた。軍刀を提げて近づいた。斬ろうとすると、兵が気づき、恐怖にひきつった顔で走り出した。

十兵衛はガクリ、と雪の斜面に膝をついた。そばの立ち木にもう一頭、倒した兵の馬が繋いである。乗って追いかけようとしたのだが、急に体が動かなくなった。目がかすみ、ものも見えなくなってきた。

どこかで水が滴るような音がする。足許だ。水ではなくて、たぶん血だ。

銃で撃たれたことを思い出した。顔はかすっただけだが、左の肩は熱い椎実弾に撃ち抜かれた。せめてサラシを巻いて、血を止めなければ。

そう思いながら、意識が薄れていくのを覚えた。

死ぬのか。そうか。ここで死ぬか。

そのとき激しい雨のような音を立て、顔に温かいものが降ってきた。馬の小便だった。黄色い温水が顔を濡らし、湯気を立ててまわりの雪を溶かしだした。

十兵衛はくそ、と体を立てた。死に水が馬の小便じゃあ救われない。くたばってたまるか、と起き上がった。

馬にまたがるのが骨だった。手綱にすがり、百メートルの絶壁をよじ登った気分だった。今にも意識を失いそうだった。いつ落ちるかわからなかった。だから手綱を体に巻いて、馬に縛りつけた。そして馬の首に抱きついた。

馬が歩き出したことは覚えている。だが、どこをどう歩いていったかはわからない。半ば眠り、半ば覚め、ひたすら馬にしがみついていた。

馬は人間をなんと思っているのだろう。放置すれば、馬は山に分け入って野生に帰る。誰かそんなことを言ったが、その馬はちがった。あとで道順を描いてみたら、馬は湿原を横切り、沢筋を通り、ほぼ最短に近い距離で人里に向かって歩いていた。沙流川の中流にあるニプタイのアイヌ集落だった。

目が覚めると、女の顔が目の前にあった。口のまわりに青い入れ墨をしたアイヌの女だった……。

「そのひと、どうなったんですか。あなたの命を助けた女のひと」

「おれの女房になって、おれに教えてくれた」

「何を」

「ちがう生き方だ。それまでおれは、斬って、斬って、斬られて死ぬ、ただそれだけの人生だと思っていた」

「ウララ」

「――え？」

「奥さんの名前ね。ウララ。あなた、うわ言で何度も呼んでいた。今、どこにいるの」

「ずっと西だ。石狩の山のふもとで、子供たちと一緒にいる」

なつめはその山でも捜しにいったみたいに、はるか遠くに目をやった。

「わたしにもあるかな。ちがう生き方」

「ちがう生き方がしたいのか」

「この顔では、もう村で生きていけないもの」

「こんなにうまいおかゆが作れるんだ。きっとあるさ」

銀色に光り輝く地平線に、やがて二頭の馬が姿を現わした。なつめがさっき見ていたところよりうんと近く、馬はみるみる大きくなった。金吾と五郎を乗せた馬は、まるで元気にはしゃぐ子供のように、真っ白な雪を蹴立ててやってきた。

18

猟犬がエゾ鹿を追い立てる鳴き声が、下の方から聞こえてきた。

十兵衛は岩山の上に顔を出した。猟銃を持った牧童が数人、さっきまで眼下の谷間を行ったり来たりしていたが、もういない。岩陰に身を潜めたのだろう。真っ白な硫黄の噴煙が、この谷間までひっきりなしに流れてくる。

「あいつらはいない。山で鹿を撃ってる」

四日前、ホロチカベの牧場へ堀田兄弟を捜しにいった金吾と五郎が報告した。この季節、牧童たちはみな山に入り、一日中エゾ鹿を撃つという。だが猟場は秘密で、彼ら以外、誰も知らない。

五郎が密かに偵察し、ついに彼らの猟場を見つけてきた。牧場から東へ二、三里行った岩山の谷間だった。

近くに硫黄の鉱山があって、このあたりは気温が高い。冬になっても、まわりの森林が雪に埋もれることはない。だからこの時期、エゾ鹿が越冬するためにやってくるという。

その朝早く、三人の賞金稼ぎは先回りして、猟場を見下ろす岩山に陣取った。ホロチカベの牧童が数人、ほどなく馬に乗って下の谷間にやってきた。五郎が、その中に弟の堀田卯之助がいるのも確認した。

「金吾、犬が遠くへ行っちまうぞ」

十兵衛は不安になって伸びあがった。エゾ鹿を追う猟犬の鳴き声が、どんどん遠く離れていく。

「ここにいて、いいのか。下の牧童も、犬を追って移動するぞ」

「いや連中は、下の谷間に隠れて獲物を待つ」

「なぜわかる」

「エゾ鹿は、猟犬に追われると山を一回か二回大きくまわり、それから逃げる方向を決める。下で待っていれば、鹿は必ず戻ってくる。連中はそこを狙う」

金吾の言った通りだった。四半刻もすると、猟犬の鳴き声は再び大きくなってきた。

「五郎はまだか」

金吾が下の谷間にヘンリーライフルを向けたまま、訊いた。十兵衛は岩山を少しおりて、見まわした。

さっき堀田卯之助がいるのは確認したが、兄の佐之助の顔は見ていない。それで五郎が、下の谷間へ様子を見に行ったのだ。

だが、まだ戻ってこない。猟犬の鳴き声がどんどん近くなってきた。

「どうする」

金吾のそばに戻って、囁いた。

殺るときは佐之助と卯之助、ふたりが一緒にいるところを狙って、ふたりいっぺんに殺らなければいけない。ひとり殺って、ひとり逃した――となると、残ったひとりは当然警戒を厳重にする。近づくのが難しくなる。警察署長の大石も黙ってはいないだろう。

ふたりいっぺんに殺り、その足でさっと逃走しなければいけない。

「五郎が確認してくるまで待つか」

だが、猟犬の鳴き声はいよいよ激しい。エゾ鹿が山をひと回りして、谷間に近づいているのだ。

ふたりを射殺するのは、彼らがエゾ鹿を仕留め、ほっと気を緩めたときと決めてある。その瞬間が刻々と近づいている。

ついに下の谷間で数発の銃声が起きた。十兵衛は岩山のてっぺんから乗り出した。

見事な角をいただいたエゾ鹿が、砂煙を立てて倒れたところだった。追ってきた猟犬が二頭、そのまわりで盛んに吠え立てている。周囲の岩に隠れていた牧童たちが、猟銃を手に、歓声をあげて駆けだしてきた。

十兵衛は彼らの顔に目を凝らした。五郎が言ったとおり、似顔絵で見た堀田卯之助の顔がある。ひとりだけ髭のない優男なのでわかりやすい。だが、あとはみなひげ面で、兄の佐之助がいるかどうかわからない。

金吾はヘンリーライフルの撃鉄を上げた。

「昨日は佐之助もいたんだよな」

「五郎はそう言った」

「なら今日もいるだろう」

金吾は卯之助の左胸に狙いをつけた。下の谷間の卯之助までの距離は、およそ百メートル。金吾の腕なら絶対に外すことのない標的だった。

だが、引き金をしぼる寸前、後ろから五郎の声がした。声を殺して、必死に叫ぶ声が。

「撃つな」

金吾が放った弾丸は、そのため卯之助の左胸を外れ、右足の膝を撃ちぬいた。卯之助は悲鳴を上げて横転し、手から猟銃がはね飛んだ。

ほかの牧童たちは棒立ちになった。猟犬も鳴きやんだ。何が起きたかわからなかったにちがいない。

「隠れろ」

ひとりが叫び、その声でみなわれに返って岩陰に走りこんだ。

だが、卯之助は動けない。倒れて必死にもがいている。何してる。卯之助、逃げろ。どっから撃ってきたんだ。応戦しろ。山の上だ。撃ち返せ。

谷間の岩に隠れた牧童たちが、岩山に向かって猟銃を発砲してきた。敵の姿が見えず、ただ闇雲に、山上に向かって撃っている。猟犬も鳴きだした。おい卯之助、何をやってる。撃たれるぞ。早く隠れろ。こっちへ来い。駄目だ。動けねえんだ。ちくしょう。撃たれた！　足だ！

「なぜとめた。お前のせいで外しちまった」

岩山の上でも、三人の賞金稼ぎが焦っていた。いないんだ。佐之助がいない。やつの馬が見当たらないんだ。やつは来ていない。どうしてだ。昨日はいたろ。わけなんか知るか。いないんだ。なら、どうする。ふたりいっぺんに殺らないと。もう撃っちまった。狙っていることが連中にばれた。今更どうにもならん。伏せろ。やつら、下から撃ってきた。仕方ない。金吾、まずひとり殺れ。

金吾はライフルを突き出し、また撃った。谷間でもがく卯之助の横に、パッと地煙があがった。弾丸が外れたのだ。十兵衛は啞然となった。

「どうしてだ。どうしておれを撃つ」下で卯之助が叫んだ。

「女を切り刻んだろ」五郎が怒鳴り返した。

「やってない。おれは何もやってない。やめてくれ。頼む。撃たないでくれ」

卯之助はうつぶせになり、岩陰に向かって這いだした。

「撃てよ、おっさん。逃げちまうぞ。早く撃て」

金吾の様子がおかしかった。ライフルは構えているが、その手にまったく力がない。顔は青ざめ、怯えたように固まり、生気がない。

「なんで撃たないんだよ」

十兵衛は近寄ってライフルを奪い、五郎に突きつけた。

「なら、お前が撃つか」

五郎はぱくっ、と空気を呑んだ。

「おれは、もうひとりを殺るよ。ぴんぴんしてるやつを殺る。あいつはもう死にかけてる」

牧童たちが下から猟銃を撃ってくる。だが、三人の居場所をまだ正確につかんでいない。近くに飛んでくる弾丸はない。

十兵衛は岩山からライフルを突き出し、卯之助を撃った。撃つのに躊躇はしなかった。屯田兵を殺ったあと、ブルブル震えていたときとはぜんぜんちがった。まるで憑きものが落ちたように、動くものは殺す、女でも子供でも、極悪非道、そう言われた昔と同じだった。

二発撃った。三発撃った。

ところが硫黄の噴煙が視界を通り過ぎると、卯之助がまだ這っている。

「当たってねえ！」

五郎が苛々した。やつが岩陰に逃げこんじまうぞ。早く当てろ。

「おれはライフルは苦手なんだ」

十兵衛は狙いを定め、また撃った。だが、当たらない。金吾が言った通り、名人仕様のライフルだった。撃つたびに重心がずれ、弾丸がどんどんそれる。卯之助は岩陰に向かい、両手で必死に這っている。隠れちまうぞ。早く当てろ。当てないと弾丸がなくなるぞ。五郎は苛々しまくった。

だがヘンリーライフルは十六連発だ。それを思い出し、五発続けて撃った。地煙が四つあがり、這っていた卯之助が動きをとめた。大きな岩の陰に潜りこむ寸前だった。

「当たったのか」

十兵衛は何も言わなかった。やがて卯之助の体がゆっくりと仰向けになった。

「助けてくれ……平介……水をくれ。喉が焼ける」

「しっかりしろ。卯之助」

別の岩陰から、牧童仲間の声がした。

「血が……血がとまらない……平介……水を飲ませてくれ」

だが、平介は警戒して出てこない。卯之助は震えながら、懸命に手を伸ばした。

「水を飲ませてやれ」

十兵衛が上から怒鳴った。

「撃ちはしない。出てきて水を飲ませてやれ」

本当だな。撃つなよ。撃つな。五回も六回も言いながら牧童が現われ、水筒を持って卯之助に駆け寄った。水を飲ませようとしたが、すぐ気づき、そばの大きな岩陰に卯之助を引っぱりこんだ。

「死ぬか、あいつ」

五郎が訊いた。金吾は固まった顔をうつむけ、岩を見ていた。ちら、とその顔を見て、十兵衛は岩山にへばりついている草をむしった。

撃つには撃った。もしまだ這っていたら、当たるまで撃つだろう。容赦などしない。生き延びるためには何でもやる。それをひとは〝極悪非道〟と呼んだ。

昔も今も、変わりはしない。

だが、昔とちがうことがひとつあった。それまでは何をしても、毛ほども感情が動かなかった。それがどういうわけだろう。見知らぬ感情がひたひたと胸を浸していた。まるでどこか遠い島から、空っぽの酒瓶でも流れ着いたように。その酒瓶は、ひとが悲しみと呼んでいる感情に似ていた。

「死ぬんだろ。あいつ死ぬんだろ、十兵衛」

「そうだ。ひとり殺った」

鷲路村の南の外れ、四日前の雪がまだ残る名もない湖畔では、大石が大工仕事で焦っていた。

秋山楼の女郎がなめた真似をしたせいだ。賞金稼ぎの対策で、家の普請を中断せざるを得なかった。屋根も載らないうちに、とうとうみぞれに降られてしまった。やんだと思ったら、雪が来た。みぞれも雪も、開けっ放しの天井からさんざん内部に降りこんだ。せっかくの床材が台無しだ。

これからいよいよ本格的な雪が来る。一刻も早く屋根打ちを終えなければ。そう思って、作家先生を助っ人に連れてきた。ところが先生、くその役にも立たない。

「なあ作家、言いたかないが、お前、釘の一本も満足に打てないのか」

「すみません。筆より重いものを持ったことがないんで」

大石はかーっ、と意味不明の叫び声を発した。

「さすが偉い作家先生はちがうよな。字ぃ書くほかは何にもできねー」

弥三郎は何も言わなかった。内心でいや、ちがうと思っていた。いつか東京の武蔵野に住む小説家を訪ねたことがある。しゃれた身なりで、しゃれた洋館に住んでいると思っていた。とんでもなかった。

弥三郎が密かに敬愛する小説家は、百姓みたいな野良着を着て、ぼろぼろの農家に住んでいた。その手は畑仕事で汚れ、たくましかった。

偉いかどうかは知らないが、本物とはそういうものだ。

弥三郎は釘を打つ手をいっときとめて、アイヌの爺さんに聞いたユーカラを思い起こした。

「署長、卯之助が殺られました」

午後になって、伊藤巡査が息せき切って馬を走らせてきた。大石は屋根の上から、何のことかと下を覗いた。

「あいつらですよ。十兵衛とふたりのよそものの仕業です。硫黄山へ鹿撃ちに行った卯之助を殺りやがった」

「卯之助って弟の方か。あいつは元々何もしてねえ。女の顔を切ったのは上のやつだろう。上はどうした」

「兄の佐之助は無事です。やつは硫黄山へ行かなかった、という話で」

「なんで行かなかった」

「さぼりです。牧場で朝まで花札博打をやっていて、仕事をさぼって寝ちまったそうです」

世の中そういうもんだ、と大石は思った。真面目に働くやつはばかを見る。悪いやつほど世にのさばる。

「佐之助は今どこにいる」

「ホロチカベの牧場です」

「十兵衛が狙ってるぞ。牧場はやばい。護衛をつけて、戸長役場に連れてこい。十兵衛とほかのふたりはどこへ逃げた。居場所はわかってるか」

「卯之助の仲間の牧童が、今、三人の足取りを追っています」

「村の者も駆り出せ。自警団を組織して、早急に三人を見つけるんだ。見つけた者にはおれが賞金を出そう。百円だ。お前、先に行け。すぐ追いかける」

三人の賞金稼ぎは午後の半ば、首くくり地蔵のある隠れ家にたどり着いた。

ホロチカベの牧童たちが、追ってくることはわかっていた。だから足取りを消すため、硫黄山からうんと遠回りする必要があった。

「これからどうする」

三人は火を囲んだ。

硫黄山で堀田兄弟を殺れば、牧童たちがすぐ村へ知らせに走る。ことの首尾を確認したら、お梶が賞金を小屋に運んでくる。それを受け取り、山の中からアイヌの道をたどって逃げる。これが当初の予定だった。

だが、佐之助を殺り損ねた。今頃村には、卯之助がひとり殺られた、という知らせが入っているだろう。大石が人手を駆り集め、即座に三人の捜索をはじめたにちがいない。

「ここを出よう」

十兵衛は立ち上がった。ここにいても、お梶は賞金を運んでこない。大石に訊問されて、三人がこの小屋に潜伏していることを白状してしまうかも知れない。荷物はすでにまとめてある。

「出て、どうする」

「賞金を稼ぎに来たんだろ。だったら佐之助の居場所を突き止めて、殺る。ちがうか」

「ちがわないさ。殺ってやる」

だが、そこで意見が分かれた。五郎はこの小屋を出るのに反対した。

「言ったろ、五郎。ふたり殺らないと――」

「ああ、お梶は賞金を持ってこない。だが、女が誰かやってくれれば、村の様子がわかる。佐之助の居場所もわかるかも知れない」

「おれは駄目だ」

それまで黙っていた金吾が、ぼんやり言った。元々力が抜けたような顔だが、前はどこかにどのつく性根が坐っていた。それがきれいに失せている。

「駄目って、何が」

「おれは抜ける」

五郎が飛び上がって口を尖らせた。十兵衛は手で制した。

「金吾、さっきのことなら気にするな」

「いや駄目だ。おれは怖くなった。ひとを殺すのが怖くなった。丸腰のやつは撃てん。恨みもないやつは殺せねえ。すまん。おれは抜けさせてくれ」

金吾は自分の荷物を取ってきて、ヘンリーライフルを十兵衛に差し出した。弾丸も荷物から出した。

「やるよ」

十兵衛はライフルを手に、小屋の外まで金吾を追いかけた。

「佐之助はおれたちが殺る。その間、お前はこの銃でおれたちを援護してくれればいい。今夜中に終わらせる。金をもらって一緒に帰ろう」

金吾は少し考え、首を横に振った。

「やはり行くよ。警察の連中は、佐之助のまわりに張りついているだろう。今のうちなら逃げられる」

「小樽の女はどうする。東京へ連れてってやれ」

「あれは嘘だ。こんな老いぼれを待ってる女はいない。とっくに役人の妾になった。石炭の山を見つけたって話も嘘だ。これは、おれが幌内の炭鉱で掘らされた石さ」

金吾はふところから石炭を取り出し、捨てた。

「何年も何年も、真っ暗な穴倉で石炭を掘らされて、いい加減お陽さまを浴びたくなって、逃げた。貯めた金では銃も買えなかった。そいつは炭鉱の役人から盗んだ銃だ。使ったらここで捨てていけ。持っていると、ひょっとしてアシがつく」

「賞金は三つに分ける。ひとつはお前のものだ」

「おれにはもらう資格はない。顔を切られた女にでもやってくれ。いちばんの被害者だ」

十兵衛はもう何も言わず、ひとり馬に乗って去っていく金吾を見ていた。振り向くと、五郎も小屋の戸口に立ってじっと見ていた。

「いくつなんだ、あの爺さん。歳は取りたくねえな」

「歳の問題ではないだろう」

「おれは絶対にああはならない。この手で佐之助をぶっ殺してやる」

「ああ、そうしろ。だが、この小屋は出よう。ここは矢場の女たちが、唯一、息抜きにやってくる場所だ。ここにおれたちをかくまっていたとわかったら、村の連中は、女たちからこの小屋を取り上げるだろう」

「このくそ寒いのに野宿かよ。今日はついてねえや」

ときどきこんな日がある。何をやってもうまくいかない、裏目に出る、という日が。不運はきっと淋しがりなのだ。いつも群れをなして人間のもとにやってくる。

その親玉が、ほどなくふたりの前に出現した。荷物を馬に積んで、小屋を離れようとしたときだった。なつめが白樺の林をぬって馬を走らせてきた。

「村じゅう大騒ぎになっているわ。もうやめて」

「そうはいくか。まだ終わってない」

「大石は、本気であなたたちを殺す気よ。自警団を作って、あなたたちを捜してる」

「その前にきっちり佐之助を殺ってやる。ひょっとしてお前たち、賞金が惜しくなったのか」

「そうじゃないわ。賞金はいつでも渡せるように、お梶さんが用意してる。でも無理よ。さっき警察が佐之助を役場に連れてきたの。牢部屋に入れて、鍵をかけて、おおぜいひとをつけて見張ってる。近づくのは無理。それを知らせに来たの」

五郎は口をへこませた。

「何人だ。おおぜいって」

「ホロチカベの牧童が五、六人。巡査と村の男たちも同じくらい。牢部屋の中にも外にもいるわ。みんな銃を構えて見張ってる」

「佐之助め。悪運の強い野郎だな」

テンガロンハットをむしり取り、くそ、と膝を叩いた。ついてねえ！　十兵衛は何も言わず、丸太小屋の丸太にへばりついている枯れた草をむしった。

「どうする、おっさん」

十兵衛は振り向いた。

「最後につきがまわってきたな」

19

鷲路村はその夜、年に一度の祭りのような騒ぎだった。

戸長役場の前庭にはあかあかと篝火《かがりび》が焚かれ、通りの商家はみな明々と提灯を灯していた。

村人たちはおおぜい外に出て、松明をかざして騒がしく行き交った。祭りの夜とちがうのは、人々の顔に笑みがなく、空気が殺伐としていることだ。

突然、秋山楼の二階の窓ガラスが割れた。ガラスの破片と石が部屋の中に落ちてきた。

「何しやがる」

お梶が外に乗り出して、怒鳴った。下の通りには、自警団のひと組が歩いていた。みな松明を掲げ、猟銃、刀、斧、鎌……ありったけの得物で武装している。

「ひと殺しの売女ども！」

自警団が怒鳴った。

女たちはひとつの部屋に集まっていた。罰があたったんだ。ええ気味だべ。当然の報いだあ。もうひどりも早く殺されちまいな。女たちは怒鳴り返した。だが、声に勢いはなく、みな恐ろしそうに身をすくめている。

「誰か窓をおおうもの持っといで。布きれでも何でもいい」

お梶がガラスの破片を片づけながら、ひとり威勢のいい声をあげた。

「ほんど言うと、わだすは、ほんどにやるとは思わなかった」

「おらも、びっくりこいたなあ」

「だども、もうひとりやるのは無理だべ。あんなに警戒してるもの。だべ、あねさん」

「さあ、どうかね」

お梶はちら、となつめを見た。

「三人は南へ逃げた。ほとぼりが冷めるまで村にはやってこない――村に帰ったら、そういう噂を広めてくれ」

夕刻、首くくり地蔵の小屋を立ち去るとき、十兵衛はなつめにそう頼んだという。戸長役場に保護された佐之助を、狙っているのだ。

あの男は諦めていない。

生きた地獄みたいなろくでなし。そうだ、ひと斬り十兵衛、あいつのことだ。

「賞金はあんたに預けとく。手はずはいいね、なつめ」

「でも――」

「どうした」

「ここから逃げていけるかしら」

「ろくでなしの身が心配かい」

「だってあのひと、奥さんも子供もいるでしょう。石狩の方で帰りを待ってるって」

「十兵衛のことかい。子供はどうか知らないが、女房なんていないよ」

なつめは短く息を呑んだ。

「アイヌの女房がいたらしいけど、とっくに死んだって。あの若い子に聞いた。ちょいとお千代、窓に何を貼りつけてるんだい」

「おらの腰巻だども」

「ほかに何かあるだろう」

お梶は赤い布きれをはがし、割れた窓から首を突き出した。目抜き通りの突き当たりに、あかあかと篝火をつけた戸長役場が見える。

戸長役場の牢部屋では、堀田佐之助が数人の牧童たちと花札博打をやっていた。牢格子で半分に区切られたこの部屋には、利点が三つある。建物の中でいちばん広いこと、造りが頑丈なこと、扉に鍵がかかること。

扉の外には伊藤巡査が立っていた。

「開けろ」

大石が小説家を連れてやってきた。伊藤が鍵束を取り出し、扉を開けた。

堀田佐之助と四人の牧童たちが、牢格子の外の看守部屋で、机を取り囲んでいた。机の上に散乱しているのは使いこんだ花札と小銭の山。三人の新入り巡査は、部屋の隅に立ってそのありさまを眺めている。

「しょうがねえな。お前たち、法律ってものを知らんのか。政府は賭博を禁止しているんだぞ」

大石は部屋に入るなりぶつぶつ言った。

「この村の法は、署長でしょう。あんたは博打が好きと聞いてますよ」

堀田佐之助がひげ面で見返してきた。大石は満更でもない顔で、小説家を見た。

「新政府の法には、ま、悪法もあるってことだ。書いてもいいんだろ、これくらい」

弥三郎はノートを取り出し、鉛筆をなめた。

「新入りのお前ら、今夜は徹夜だぞ。堀田佐之助殿をしっかりお護りするんだ。まあ逃げたあいつらを捕まえるまでの話だが。それまでは気を許すな」

新入りの三人は直立し、「はっ」と一斉に靴を鳴らした。しかし、ひとり靴音が合わない。

「平田。なんでお前、足踏みしてる」

「しょっ……しょっ……」

「小便か。早く行って来い」

平田巡査は牢部屋を飛び出した。厠は外の裏庭にある。衛生上、というよりおもに悪臭の関係で、厠はたいてい母屋と少し離して造られる。材木を節約するため、大は小を兼ねる造りで、横に三つ並んでいる。

篝火に照らされた厠はいかにも臭いそうだ。戸を開けると、平田は鼻をつまんで中に入った。

悪臭は、シベリアからやってきた風に吹かれ、裏庭の笹藪に流れていた。笹藪は風をせき止め、悪臭がそのあたりにふんぷんと立ちこめていた。

「鼻がひん曲がりそうだ｜」

笹藪に身を潜めた五郎が音を上げた。

「おっさんよ、最後につきが来たってどういう意味だ。おれは糞の臭いに殺されそうだ」

「大石が自警団を指図して、今、しゃかりきになっておれたちの行方を追っている。この村の周辺で、今夜いちばん安全な場所はどこだ」

五郎は眉を寄せた。「まさか――」

「そうだ。灯台の下がいちばん暗い。今夜いちばん安全なのは、大石がいるこの戸長役場だ。身を隠すならここしかない。なんとそこに、大石がわざわざ佐之助を連れてきた。これがつきでなくて何だ」

「見張りが何人いると思ってる」

「肝心なのは頭数ではない。ものが見えている見張りが何人いるか、だ。手を冷やすな」

五郎は両手に息を吹きかけ、ベルトの後ろからさっと拳銃を抜いた。

「ちくしょう。臭い」

戸長役場は村の東の高台に建っている。裏庭の笹藪も標高が高い。十兵衛は笹藪の中で伸びあがり、何か気がかりな様子でまわりを遠く見回した。

村の周囲は真っ黒な闇だった。畑も林も、湿原も荒れ地もみな闇に覆われて区別がつかない。その闇の底に、松明の火がてんてんと揺れていた。自警団が数名ずつ組を作り、賞金稼ぎの三人の行方を追っているのだ。村を出て、街道を西へ西へと進んでいる松明の火もあった。村人はみな貧しい。百円の賞金は途方もない魅力だ。必死になって三人のよそものを捜していた。

赤いビードロのような月の下、その夜はこうして更けていった。

誰にとっても眠れない夜——にはちがいなかったが。

最初に眠ったのは小説家だった。弥三郎は署長室のいすから半分ほどずり落ち、いびきをかきだした。秋山楼では二階の女が三、四人、壁にもたれて眠りこけた。牢部屋では花札博打に負けた牧童が二、三人、床に坐りこんで眠りに落ちた。そのまわりで佐之助の見張りについていた三人の新入り巡査も、立ったまままうつらうつらをはじめた。

大石は眠らなかった。役場の建物でいちばん高い物見塔に立ち、真っ暗な闇とその底に揺れる松明の火を見ていた。

まるでギターラのトレモロのように、夜明けの光が分厚い雲の隙間をぬって射してきた頃、ひとりの村人が役場に飛びこんできた。

「捕まえた！」

役場はいっぺんに騒然となった。威勢のいい声が飛び交い、大石が物見塔から駆け下りてきた。

「どこにいた」

「隣の村の山の中です。焚き火の火で見つけたそうだ。今こっちへ護送してきます」

「久しぶりの大物だ。伊藤、お出迎えしてやろうじゃないか」

赤紫の朝焼けに染まりはじめた空の下、大石は外套を着こみ、刀を提げて前庭に出た。伊藤巡査が追いかけてきて、馬を二頭曳いてきた。

お尋ね者が捕まったという知らせは、もちろん牢部屋にも伝わっている。牧童たちも新入りの巡査もみな目を覚まし、ほっとした色を浮かべた。

「まったくお前はひと騒がせな野郎だぜ」

牧童のひとりが、堀田佐之助の肩を叩いた。佐之助はひげ面を撫でまわし、やれやれと腰を持ち上げた。

「どこへ行く」

「厠だよ。ひと晩我慢していたんだ。たっぷり詰まってる」

安堵の声でざわざわしている牢部屋に、ひとり不思議な男がいた。さっき一度は目を覚ましたのだ。だが、捕まったという知らせだと聞き、今度は本格的に眠りこんだ。何をやらせても無能な新入り、平田三等巡査だ。

「ご立派な見張りだぜ」

佐之助は、扉にもたれて眠りこんだ平田を足で押しのけ、部屋を出た。

「来たッ」

と、押し殺した声があがった。裏の笹藪の中だ。

明け方になって、寒さは一段と厳しくなっていた。手をこすり、体を揺すり、必死に寒さに耐えていた五郎の声は絶叫に近かった。

「佐之助か。まちがいないな」

ひと晩のうちに、牧童たちは入れ代わり立ち代わり厠に出てきた。しかし、これまで篝火に浮かんだ顔は、どれもお梶の似顔絵とはちがう男だった。

「やつだ」

「援護する」

十兵衛は腰をつき、金吾からもらったヘンリーライフルを構えた。

「お前の仕事だ。行ってこい」

五郎は一瞬ひるんだ。だが、ベルトの後ろから拳銃を抜いた。そして佐之助が厠の中に姿を消すのを待って、笹藪を出た。

札幌のような都会では、厠の扉に鍵をかける。だが、いなかはそんな面倒なことはしない。

五郎は厠に忍び寄り、板戸を引き開けた。篝火の灯が射しこみ、佐之助の驚いた顔が浮かび上がった。外套を肩にかけ、ズボンをおろし、こっちを向いてしゃがんでいる。

五郎は拳銃を突き出した。

「うおおーっ」と声があがり、佐之助が飛びついてきた。

五郎は拳銃を撃った。パッと飛んだ血が、五郎の顔を濡らした。弾丸は佐之助の肩に当ったようだ。だが、佐之助はひるまない。怖ろしい力で五郎に絡みついてきた。五郎は必死に右腕を振り放し、引き金を引いた。弾丸は天井に外れ、佐之助に押し倒された。

厠の外と中の境い目だ。もみあう力は、佐之助の方が強かった。五郎の腕をつかみ、地面に叩きつけた。五郎の手から拳銃が落ちた。佐之助は絡みついたままのしかかり、今度は首を絞めにきた。

五郎は身をよじった。懸命にもがいた手が、ベルトにくくりつけてあったマキリを叩いた。アイヌの短刀だ。今まであることも忘れていた。夢中で抜いて、下から刃を佐之助の胸にあてた。だが、体が密着していて、手に力が入らない。

「おい、どうかしたか」

役場の裏口が開き、のんびりした声が上がった。銃声を聞いて、様子を見に来た牧童だ。

「仲次郎！　やつらだ。襲われた」

　佐之助はのけぞって仲間に訴えた。反射的にとった行動だが、これが佐之助の失策だった。のけぞった拍子に体が離れ、マキリの刃が下から胸に食いこんだのだ。外套は肩にかけただけで、着ていなかった。それも彼の不運だった。

「おい！　みんな出て来い」

　大声があがり、裏口が騒然となった。それを打ち消すように、二発、三発と笹藪の中で銃声が鳴った。十兵衛の援護射撃だ。

「早くしろ」

　十兵衛が叫んだ。

　五郎は滴る血を浴びながら、懸命にマキリの刃を佐之助の胸に押しこんだ。今度は上からのしかかってくる佐之助の圧力が幸いした。刃渡り十五センチのマキリは、佐之助の心臓をじりじりと切り裂き、ついに根元まで食いこんだ。最後は死に物狂いの力を出して、佐之助の体を押しのけた。

　這い出したときは血だらけだった。牧童や巡査の騒ぐ声と、ライフルの銃声が耳鳴りのようにガンガン頭に響いている。拳銃を拾い、めった撃ちにしながら笹藪に向かって駆けだした。煮えくり返った鍋のように、頭の中は沸騰していた。

佐之助を殺った。おれが殺った。この手で殺った！

大石は村の木戸で、お尋ね者を護送してくる自警団の一行を待っていた。

朝焼けが空の半分を赤黒く染め、冬の雲が火事場の焼け跡のように浮かんでいる。だが、地上は暗い。夜が立ち去るのを惜しんでいるかのように、闇が低く、遠くまで這っている。

自警団の一行は地上の闇に松明をかざし、馬に乗って近づいてきた。松明の数は六つ。馬はもう少し多いか。やがて彼らの姿が見えてきた。

大石は愕然と目をまたたいた。松明を持った六人の男は、一頭の馬しか囲んでいなかった。その馬には、縄をかけられた男がひとりしか乗っていない。鹿皮の帽子を被った年寄りだ。

「十兵衛はどうした。全員捕まえたんじゃないのか」

さっき役場へ駆けこんで一報した男は、顔色を変えて自警団の方へ走り出した。その男が戻ってくるより早く、村の方から馬が疾駆してきた。

「署長！　佐之助が殺られた」

大石は手綱を返し、馬の腹を蹴った。こんな失策を犯したことはない。討伐隊で残党狩りに苦心していた頃も、これほどの失態を演じたことはない。三人は一緒にいる、と頭から思いこんでいたのがまちがいだった。歯嚙みをしながら目抜き通りを駆け抜け、役場の前庭に躍りこんだ。

「佐之助は」

「裏です」

役場の廊下を突っ切って、裏庭に出た。牧童たちが、佐之助にむしろをかけ、戸板に載せたところだった。

大石はしゃがみこんだ。絶命したばかりだろう。まだ血の臭いがむんむんする。いかついひげ面も生きている男と変わらない。今にも目を開きそうだ。

「新入りはどうした」

「下手人を馬で追っていったそうです」

いつの間にか伊藤がそばに来て、小声で答えた。

「三人揃って何をやってた。何で簡単にやられた」

「下手人はそこの笹藪に潜んでいて、佐之助が厠に入ったところを狙ったようです」

大石はむしろの下の方をめくった。佐之助のズボンが膝の下までおろされ、陰部が見える。鼻をひくひくやって、

「臭えな」

嫌そうに手を放し、上の方をめくった。左の胸に、見馴れぬ短刀が深々と突き刺さってい

る。柄をつかみ、血が噴き出さないようにゆっくり引き抜いた。

「これ知ってるか、伊藤。アイヌのマキリだ」

「じゃ下手人は――」

「証拠品だ。しまっとけ」

裏口から自警団の連中が顔を出した。

「署長、護送してきたお尋ね者はどうするね。今、着いた」

「牢に入れろ。すぐに行く。伊藤、お前は酒場へ行ってお梶を連れてこい」

伊藤巡査が駆けだした。大石は笹藪の中を見て回った。日陰には少し雪が残り、地面は緩い。十兵衛ともうひとりが身を潜めていた場所は、足跡で見当がついた。そばにライフルの薬莢がいくつか落ちている。

あいつらめ、ひと晩おれの喉許に潜んでいやがったのか。

くそ、と薬莢を叩き捨てた。おれをこばかにしやがって！

大石は激しい怒りを内に秘め、牢部屋の扉を開けた。自警団の数人が、お尋ね者を牢に入れて見張っていた。その連中に隠れるようにして、弥三郎も様子をうかがっている。

「何か喋ったか」

「自分の名前だけです。馬場金吾。ほかのことは喋りません」

「服を脱がせて、牢の格子に縛りつけろ」

自警団は金吾を引き出し、言われた通り牢格子に縛りつけた。見かけは爺さんだが、裸にすると、背中には結構筋肉がついている。

大石は木刀を握り、背中を打った。金吾が歯を食い縛ったのがわかった。

「仲間のことを話せ。十兵衛ともうひとりは誰だ」

「さあな」

「アイヌだろう。名前を言え」

「和人だよ。名前は三太」

「これは何だ」

大石はさっきのマキリを金吾の鼻先に突きつけた。

「これが佐之助の胸にぶっ刺さっていた。アイヌのマキリだ。どうしてこんなもんが刺さってた」

「どっかでアイヌからかっぱらったんだろう。三太は和人だ」

「ふたりはどこにいる」

「おれは抜けた。関係ない」

大石は木刀を握りしめ、二回、三回と金吾の背中に叩きつけた。金吾の顔が歪み、食い縛った口許から呻き声が洩れだした。その最中に扉が開き、伊藤がお梶を連れて入ってきた。

「何なのさ。あたしゃ忙しいんだ――」

そこで金吾に気づき、息を呑んだ。

「よお、お梶。十兵衛とはどこで会うことになってる」

「なんであたしが会うんだよ」

「賞金の受け渡しがあるだろう」

「そんなもん、とっくに渡しちまったよ。あのろくでなしが、金ももらわずに何かするわけないだろう」

「じゃあ仕方ない。馬場金吾殿に喋ってもらうとするか。誰か万力を持ってこい。手で締めるやつだ。これから金吾殿の指の骨を、一本ずつ折る」

お梶が顔色を変えた。

「や、やめとくれ。あんた正気かい」

大石はセルロイドの櫛を取り出し、丁寧に口ひげを整えた。

「いいだろ。メリケン生まれのセルロイドだぜ」

お梶は体当たりでも食わせるように、大石にむしゃぶりついた。大石は一歩よろけたが、苦もなくお梶の体を床に叩きつけた。

「おれは女をいたぶるのは趣味じゃねえ。お前には手を出さない。だからお前は安心して、ここでゆっくり見物してな」

伊藤巡査が硬い表情で手万力を運んできた。大石はにやり、として、手万力を握った。

金吾は手首に縄をつけられ、十文字の形で牢格子に縛りつけられていた。伸ばした両手は頭の横にある。

大石は右手をつかみ、手万力で人差し指の骨を折った。乾いた音がした。金吾の口から、必死に押し殺した悲鳴があがった。もう一本、折った。

お梶がうっ、と吐いた。

「よく見ろ、お梶。自分が何をやったか、わかるか。これはお前が招いたことだ」

大石はまた一本、金吾の指の骨を折った。部屋の中は静まり返っていた。もう誰もしわぶきひとつ立てない。みな目をそらし、顔をそむけ、ひたすら息を殺している。

「お梶、お前は教養があるから、蘭方医の杉田玄白先生を知ってるだろう。百年ばかり前か、玄白先生が人間の体を解剖したら、骨が二百六本あった、というんだよな。おれはびっくり仰天したよ。体のどこにそんなにあるのかって。ちょうどいいや。本当に二百六本あるかどうか、一本ずつ折って数えてみようぜ。今、何本だ」

大石はまた一本、金吾の指の骨を折った。

20

十兵衛と五郎は、首くくり地蔵の小屋が見える山の疎林に身を潜めていた。

山上から身を切るような風が吹きおろしてくる。疎林の間に点々と残った雪は、冷気で凍ってカチカチだ。が、小屋の中には入れない。追っ手に発見されると、彼らに女たちの小屋を取り壊す口実を与える。

ふたりは疎林の間に穴を掘り、火を焚いた。夜になると、火は焚けない。追っ手に居場所を教えるようなものだ。幸い、まだ陽は高い。陰鬱な曇り空だが、炎を穴で隠せば、煙はそう目立たない。

「あの野郎、弾丸を食らっても突進してきやがった。血まみれになって、おれの首を……」

五郎は酒瓶を抱えこみ、グビグビあおった。

「くそ力を出して、おれの首を……」

「人間はそう簡単にはくたばらないもんさ」

「だが殺った。ぶっ殺してやった」

「そうだ。お前が殺った」

五郎は震えだした。はじめ酒瓶を握った手が震え、肩が震え、体じゅうが震えだした。炎に照らされた赤い顔はぐしゃぐしゃで、泣いているように見える。

「とまらないんだ。とまらない」

酒瓶ごと震える手を前にだし、もう片方の手でつかんだ。しかし、震えはとまらない。

「おっさんよー」

「何だ」

「はじめてだった」

「何が」

「はじめてひとを殺した」

「そうか」

「なんでだよ。なんでおれは震えるんだ」

五郎は笑い出した。いや、泣き出したのか。おそらく自分でもどっちだかわからなかったろう。

「ひとを殺すと、おれは気分がスカッとすると思っていた」

「なぜそう思った」

「そのために生きてきたからさ。三つのとき、母親がどうやって死んだか知らされた。それからおれは、父親を殺すために生きてきた。だから何でも我慢した。おれはどっちにもなれないんだぞ。和人は、おれをアイヌだとばかにした。アイヌは、おれを和人だと怖がった。それでもじっと我慢した。いつか極悪非道、情け無用のお尋ね者になって、父親をぶっ殺してやる。そう思って生きてきた。だのになんで震えるんだ。これじゃあ金吾の爺さんと同じじゃないか。おれは二十一だぞ」

「歳のせいじゃない、と言ったろ」

五郎はちくしょう、ちくしょうと泣き、酒を呷った。

十兵衛は足下に目を落とし、草をむしった。子供たちの顔が脳裏をよぎった。いやでもよぎった。おれはどっちにもなれないんだぞ。五分か十分経った。はっ、と十兵衛は木陰に身を隠した。

矢場の女がひとり、向かいの山裾に姿を現わし、馬でこちらへやってくる。顔が見えた。なつめだ。その周囲に目を配ったが、追っ手の姿はない。

十兵衛は安堵の色を浮かべ、立ち上がった。

だが、その顔はすぐに曇った。なつめの様子がおかしい。裸馬から落ちそうになって、必死に首にしがみついている。

穴の火を消すと、五郎を促して疎林を抜け出した。両手を振ったが、なつめは気づかない。

馬は首くくり地蔵の小屋に向かっている。もう一度追っ手のいないことを確かめると、近くにつないであった馬を引き出し、小屋に向かった。

なつめの方が早かった。小屋の前に到達すると、彼女は馬から転がり落ちた。

十兵衛は駆け寄り、抱き起こした。村からここまでくる途中、何回か馬から落ちたのかも知れない。外套も、その下の着物やもんぺも濡れている。震えながら、抱いていた袋を差しだした。

「賞金か」

受け取って、五郎に渡した。

「数えて三つにわけてくれ。金吾と三人でわける」

その途端、なつめの口から嗚咽が洩れた。

「どうした。けがでもしてるのか」

なつめは首を横に振った。みるみる涙があふれ出した。

「お仲間は、明け方、自警団に捕まって」

「金吾のことか。金吾が捕まった？　やつら金吾に何をした」

なつめの唇がわななした。が、声が出てこない。涙がものでも言いたそうに、顔の傷跡にそって横に流れた。唇は紫色で、体は完全に冷え切っている。

「五郎、火を熾してくれ」

五郎が小屋の中に走った。十兵衛はなつめを抱き上げ、小屋に運ぼうとした。なつめが何か言っている。耳を口に近づけた。二秒経った。まわりの風景から色彩が落ち、物音が消えた。

「おっさん」

五郎の声で、われに返った。小屋の戸口から、けげんそうに見ている。十兵衛はなつめを中に運び、いろりのそばに横たえた。そこまでは記憶にある。

「何してる。やめたんだろ」

五郎が驚いた声を出し、手から何かもぎ取っていった。

見ると、五郎が飲んでいた酒瓶だ。酒は半分くらい残っている。もう一度酒瓶を奪い取り、ひと口飲んだ。長年酒を忘れていた喉がカッと焼けた。アルコール度数四十四パーセントのバーボンだ。構わずふた口三口と流しこんだ。なつめはいろりのそばに横たわり、意識を失くしたように動かない。

十兵衛はその顔の傷跡をしばらく見つめ、五郎に言った。

「金吾が、殺された」

「あれっぽっちでくたばるとは。元幕府の伝習隊も、所詮、たいしたことはなかったな」

大石は丼を持ち上げ、海苔とイクラの茶漬けをズッとかきこんだ。

「うめえ！」

と叫び、

「ひと仕事するとめしがうめえな。今気がついたが、作家先生、イクラが口の中でプツンとつぶれる音って、あれと似てるな」

「あ、あああれと言いますと？」

「さっき何を聞いてた。万力であいつの骨をつぶすと、プツンと音がしたろ。そりゃ音そのものは骨の方が何倍も大きいが、そっくりだと思わないか、プツン、というかわいらしい感じがさ」

弥三郎は箸をとめ、急いでほかごとを考えようとした。だが、耳の中で鳴っている。頭の中で、胸の中で、いや体中で鳴っている。大石に一本ずつつぶされていった賞金稼ぎの骨の音が。そのたびに、必死に食いしばった口から洩れたあの男の悲鳴が。

あれはどれくらい続いたのだろう。突然、大石があれっ、と声をあげた。

「こいつ息をしてねえぞ」

弥三郎は茶漬けの丼を持ったまま、懸命に吐き気をこらえた。

この男は尋常ではない。狂っている。もしかすると、狂っているのは地の果てのようなこの村かも知れないが。

「署長、吊るす準備ができました」

伊藤巡査が戸口に顔を出した。馬場金吾の遺体を、見せしめのために吊るせ、と大石が命じたのだ。

「よし。行くか」

大石は茶漬けをたいらげ、腰を上げた。

空は鉛色で、村を押しつぶさんばかりに低く、重く、垂れ下がっていた。シベリアからやってくる寒風が、音を立てて目抜き通りに吹き荒れている。今にも雪が舞いそうだ。

秋山楼の前は、自警団の連中でいっぱいだった。門前に長い杭が一本立てられ、金吾の遺体がその下に横たえられている。遺体は上半身裸で、後ろ手に縛られ、その縄は長い杭のてっぺんにある滑車に巻きつけられている。

「いいぞ。上げろ」

大石が命じ、三人の新入り巡査が縄を引いた。地面に横たわっていた金吾の遺体が縄に引かれ、杭に沿ってずるずる上がりはじめた。首に大きな看板がかけられている。

「〝これが悪党の末路だ〟」

金吾の遺体が吊るされると、大石がその前に立って、看板の文字を読んだ。

「作家先生、もうちょいましな文句はなかったのかい」

弥三郎がもごもご言っていると、喜八が中から飛んできた。

「困るよ、署長。こんなとこに死体を吊るされちゃあ、客が怖がって来やしねえ」

「ばかだな、お前。メリケンの西部へ行ってみろ。気の利いた酒場はみんなこうやってる。新聞ぐらい読め。これが最新のファショーンなんだ」

「お尋ね者の死体を、店の前に吊るすのが？」

「それをひと目見ようと、客が遠くからわんさかやってくるって寸法さ」

喜八は頭の中でそろばんをはじき、ちら、と大石に上目を使った。

「なら、いいか」


「やつらは金吾の遺体をさらしものにしている」

五郎は信じられないというように目を見開き、なつめを揺り起こした。

「本当なのか」

「ええ。そうよ」

「どうしてだ。あの爺さんは抜けたんだ。何もしちゃいない。どうしてあの爺さんが――」

「捕まって、あなたたちのことをいろいろ訊かれたの。でも何も喋らないものだから、ひどい拷問をされて」

五郎は酒瓶をつかみ、またグビグビと呷った。

十兵衛は馬に積んであったヘンリーライフルを取りに行き、チューブ・マガジンに一発ずつ弾丸を装塡していった。五郎がこっちを見た。

「何してる」

「金吾を放っておくわけにはいかない」

「だからって——何ができる。こっちはふたりしかいないんだぜ」

「いや、ひとりだ」

五郎は張り飛ばされたような顔をした。

「ここから先は、お前には関係のないことだ。お前は分け前を持って先に帰れ。三つに分ける。手伝ってくれ」

賞金は、手付と前借り分を引いて九百数十円あった。三つに分けて、それぞれ鹿皮の袋に詰めた。十兵衛はひとつを五郎の前に置いた。

「これはお前の分」

もうひとつ置いた。

「これはおれの分だ。済まんが、子供たちに届けてくれないか。家はわかるな。わからなければトッタナイの集落で訊け。みな知ってる」

三つ目の袋を手に取った。

「これは金吾の分だが、やつには女房も子もいない。立ち去るとき、やつは顔を切られた女にやってくれ、いちばんの被害者だから、そう言った。これはあんたのものだ。受け取ってくれ」

なつめは驚いて目を瞬いた。

「この顔では、もう村で生きていけない。ちがう生き方がしたい。そう言ったろ。村を出て、五郎と一緒に行け」

「村を出ても、わたしには行く場所なんてないわ」

「いや、あるさ。あんたにもどこかにある。今とはちがう生き方のできる場所が。もし、どうしても見つからなければ、おれの子供たちがいる石狩の山のふもとへ行け。五郎が知ってる。暑寒別岳の南だ。そしておれに作ってくれたあのおかゆを、子供たちに食べさせてやってくれ」

十兵衛は大刀を腰に差し、ヘンリーライフルを背中にしょった。萱の編笠を被り、首くくり地蔵の小屋を出た。五郎が泡を食った顔で飛び出してきた。

「あんたも行こう。三人で行こう」

「ああ行くさ。金吾を葬ったら、すぐに行く。だからなつめを連れて、先に行け」


「いいか。ひとり二杯だ。署長の奢りだからな。みんな心して飲め」

秋山楼の一階には熱気がたちこめていた。お尋ね者の賞金稼ぎを吊るし、気分を高揚させた自警団の連中がざっと三十余人、ところ狭しと詰めかけている。大石はもちろん、弥三郎もいたし、新入りの巡査もいた。伊藤巡査が板間に立って声を張り上げると、海鳴りのようなどよめきが起きた。

おーい、こっち酒が来てねえべ。二杯だって？　いけるでないか、この酒は。だからかあちゃんに逃げられたんだ。店いちばんの上酒だべ。署長、張りこんだだな。うふ。お前、三杯目でないか。けちけちするな。わかりゃしね。また孕んだって？　好きもんだなあ。もっといっぺえ注いでくれや。盛りが悪いべ。

たちまちどんちゃん騒ぎがはじまった。

「伊藤、酒盛りじゃないぞ。注意しろ」

大石は広い板間の真ん中に、堂々とあぐらをかいている。顔には余裕があって、小言も苦笑混じりだ。

しかし大石がいる限り、伊藤巡査に余裕はない。電気に打たれたみたいに立って、両手をパンと鳴らした。

「体が温まったらすぐに出発するぞ。悪党狩りはこれからだ。街道沿いの村という村、虱潰しに調べるぞ。おい、聞いてるのか。名うての賞金稼ぎがあとふたり、お上の法を破って逃走中なんだ。こんなやつらを野放しにしたら――」

伊藤巡査の声がかき消えた。その足許で鮭の切り身をつついていた弥三郎が気づき、箸をとめた。大石が気づき、酒のぐい呑みを置いた。そのまわりでひとり、またひとりと気づいて騒ぐのをやめ、やがて酒場中が静まり返った。そして全員が動きをとめて、ひとつのところに視線を集中した。

萱の編笠をつけた男がひとり、ライフルをぶら下げて店の戸口に立っていた。

「捜す手間が省けたな」

大石が大刀を提げて立ち上がった。

戸口の男は編笠を取り、ライフルの銃口を上げた。大石は笑みを浮かべた。

「自警団の諸君、ひと斬り十兵衛殿だ」

たまたま奥の調理場にいて、その声を聞いていなかった者がひとりいた。縞の着物に前掛けをつけたその男は、大階段の奥ののれんをくぐって土間に出てきた。どうしたんだ。急にみんな静かになって。そして十兵衛に気づき、ぎくりと立ち止まった。

「店の主人だな」

喜八は固まった顔でうん、うんうんと頷いた。

「仲間を店の飾りにするなら、命と引き換えだ」

十兵衛はライフルを向け、撃った。初弾は当たる、と金吾が言った。ライフルの弾丸は狙った通り、喜八の胸を正確に撃ちぬいた。パッと空中に血が散って、喜八は後ろに吹っ飛んだ。静まり返っていた店内が騒然となった。

「動くな」

銃に手を伸ばした伊藤と三人の新入り巡査は、ぴたりとその手をとめた。刀、斧、鎌、さまざまな得物に手を伸ばした自警団の連中も、動きをとめた。

だが、大石はもう大刀を抜いていた。左足を前に出し、刀は軽く振りあげている。薩摩のいなかを嫌いながら、この男もやはり薩摩の血を引いていた。振り上げた刀は、薩摩に伝わる剣の奥義、薬丸自顕流・蜻蛉の構え。そしてなお余裕を見せた。

「見境のない野郎だな」

「極悪非道さ。動くものは殺す。女でも子供でも。今夜は、お前を殺す。命が惜しい者は手を出すな。今のうちに外に出ろ」

だが出る者はいない。農民といえど、この酷寒の地に生きる荒くれ男ばかりだ。金吾を吊るし、酒が入り、みな殺気立っている。

十兵衛はライフルを手に、じりじり板間に上がった。

「どいてろ」

自分に言われたのだと気づき、弥三郎は四つ這いになって板間の隅に逃げこんだ。ほかの者も身を引き、大石のまわりからひとがいなくなった。

「十兵衛、お前の負けだ。銃を持ったお前など、屁でもねえ」

「おれもそう思う」

その声が終わらぬ内に、大石は大きく踏みこんだ。敵はライフルの撃鉄を起こし、狙いをつけ、引き金を引く。その間に少なくとも一秒、隙ができる。狙いをつける時間だ。この間、敵の体は完全に静止する。一秒あれば十分だ。

「キエーッ！」

大石は猿叫《えんきょう》とともに刀を打ちこんだ。その昔、桜田門外で、薩摩藩士・有村次左衛門が井伊大老の首を落とした薬丸自顕流の打ちこみだった。一撃必殺。これを受ける太刀はない。

だが十兵衛は、ライフルを撃とうとしなかった。撃たずに高く放り投げた。そして頭上から襲ってくる刀をかいくぐるように踏みこみ、抜いた刀で斬りあげた。

大石の両腕は肘の下から切断され、刀を握ったまま、血を噴いて宙に舞った。その体は、刀と両腕を失ってバランスを崩し、大きく前にのめった。十兵衛は横に身をかわし、後ろから刀をふるった。宗次の天保打が、稲妻の速さで大石のうなじに斬りこんだ。

首には七個の骨がある。頭蓋骨を支える頑丈な骨で、頸椎という。刀で斬るのは容易ではない。

だが江戸幕府の処刑人が使った首斬り刀は、会津の刀匠に研ぎ澄まされ、今もって抜けば玉散る氷の刃、まるで水を得た魚のように嬉々として、大石の首の七個の骨のど真ん中、第四頸椎を真っぷたつに斬った。

大石の首はカッと目を見開き、血の幕を垂らしながら四メートル飛んで、土間につっ立っていた平田巡査の鼻に噛みついた。平田巡査は腰を抜かし、卒倒した。

まるでときが停まったように、その瞬間、すべてのものが凍りついた。

だが三十余人、正確には大石と平田を欠いて三十二人となった荒くれ男は、戦意を喪失したわけではなかった。燃え盛る炎の中に、新しい薪を一本放りこんだようなものだ。

「う、うう撃て、撃て！」

伊藤巡査が叫ぶと、一斉に得物を取って十兵衛に打ちかかった。

三十二対一、その戦況を左右する要諦は、このとき彼らの頭上にあった。十兵衛が放り投げたライフルが、吹き抜けの天井に高く舞い上がり、そして放物線を描いて下降しつつあったのだ。

十兵衛はひとり斬って落下点に走り、落ちてきたライフルをつかんだ。メリケンの内戦で南軍の兵士を恐れさせたヘンリーライフルは、レバーアクション式で十六連発。初弾を喜八に放りこんだ今、残りの弾丸は十五発。十兵衛はライフルを構えると、レバーを上下しながら十五発の弾丸を連射した。

このライフル、狙った相手には当たらない。だが、まわりはすべて敵だった。弾丸はどこに飛んでも敵に当たる。

右から左へ弾幕が流れ、四十秒の間に十五人が負傷した。

「うおおおおおおおお」

ライフルを放り出すと、十兵衛は再び大刀をつかんで敵の中に斬りこんだ。板間から土間へ、土間から板間へ、飛びこんで斬り、飛びのいて斬り、飛び上がって斬った。首斬り刀は四人斬って捨てたから、あとは敵の得物を手当り次第に奪って、斬った。刀、斧、鎌、匕首……手に触れたものを次々取り替えて斬り、刺し、突きまくった。

ときおり銃声が鳴った。三人の巡査と、自警団の中にも猟銃を持った男が何人かいる。だが、十兵衛の動きは瞬時もとまらない。

自警団にとってはまわりは全部味方だ。下手をすれば味方を撃つ。躊躇した途端、たいてい十兵衛に斬りこまれた。

まるで花火のように血しぶきがあがり、切断された耳や鼻が宙に躍った。伊藤巡査は斧で頭蓋骨を断ち割られた。植木巡査は刃の欠けた刀で胸を刺された。浜本巡査は大鎌で首の頸動脈を断ち切られた。

「寄るな」

「来る者は斬る」

「逃げない者は斬る」

「命が惜しい者は外へ逃げろ」

十兵衛は叫びまくり、斬りまくった。悲鳴と怒声と苦痛の呻き声で、あたり一帯が阿鼻叫喚の巷と化して四半刻、十兵衛は満身創痍、血だらけになって板間に倒れこんだ。

まわりにはもう立っている者はいなかった。

板間は濡れてギラギラだった。まるで人間の体でできた洪水でも押し寄せたように、血と脂と臓物がいたるところ堆積し、手や指が散乱していた。そこらじゅうで雨だれのような音がする。切断された腕や脚がどこかに引っかかり、血を垂らしているのだ。

「斬られたー撃たれたー」

突然叫び声が上がり、板間の隅で死体が動いた。その下から、眼鏡の男がひとり這い出してきた。

十兵衛は自分の首斬り刀を拾い、目の前に突きつけた。血のりを垂らす刀身を見て、眼鏡の男はひっ、とすくんだ。

「わ、わわ私はただの物書きです。ひ、姫路弥三郎と申します。武器を手にしたことはありません。どうか命ばかりはお助けを」

「物書き？」

「本を書いてます。し、し新聞にも雑誌にも載りますし」

「どこを斬られた」

弥三郎は自分の体を見直した。返り血を浴びているだけだ。けがはない。

「行け」

十兵衛は刀を引いた。だが、行かない。小説家は眼鏡を顔に押しつけ、揉み手をした。

「かっ、かっかかか書いても構いませんか、ここで見たこと」

「なぜ訊く」

「い、いいんですね、書いても。ではではえぇっとあの噂、あれは本当なんでしょうか」

「あの噂？」

「ひと斬り十兵衛は、鉄砲の弾丸よりも速くひとを斬る」、

「それは無理だ」

「そうすると、刀は鉄砲には勝てない、と？」

「いや、ひとつ――」

そのとき銃の撃鉄が起きる音がした。弥三郎には聞こえなくても、十兵衛の耳は聞き逃さない。三歩走り、音を立てた土間に向かって斬りこんだ。

土間で銃の撃鉄を起こしたのは、平田三等巡査だった。大石の首に鼻を嚙まれて卒倒した平田は、その後の乱闘に巻きこまれずに無傷だった。気絶から覚めると、数メートル先に憎っくき賞金稼ぎの姿が見えた。

こいつらが村に入ってきたばかりに、大石に何度殴られたことか。あの寒い中、一般大衆の面前で、ふんどし一丁にさせられた。それもこれも、みなこいつのせいだ。幸い手には伊藤に支給されたスナイドル銃がある。

平田は銃を構えると、積もりに積もった恨みをこめて、撃鉄を起こした。

十兵衛がはっ、とこちらを見て、電撃のように斬りこんできた。平田は恐怖の絶叫をあげて、引き金を引いた。

銃声一発。

そしてそれと重なるように、衝撃音がひとつ。

弥三郎は目を瞬いた。何が起きたかわからなかった。ことは余りに速く推移した。おそるおそる腰を上げ、様子を見ようと土間に降りた。

平田巡査は銃を抱いて尻餅をつき、頭を胸に垂れていた。首筋に十兵衛の刀が斬りこみ、血がドクドクと溢れている。もう虫の息だ。

だが、よくよく見ると、首筋に斬りこんだ刀が折れている。切っ先からおよそ二十センチ、刀の刃がない。

その切っ先二十センチは、平田の前に中腰で立っている十兵衛の胸に、深々と突き刺さっていた。

弥三郎の頭はめまぐるしく回転した。銃声と重なるように鳴ったあの衝撃音は、何だったのか。そして驚愕に目を剝いた。

「いや、ひとつ――」

さっき十兵衛はそう言った。刀が鉄砲に勝つ方法がひとつある、と。

十兵衛はそれをやった。飛んできた鉄砲の弾丸を、刀で斬り落としたのだ。しかし、数人斬った刀はすでに限界を超えていた。弾丸を斬り落とした衝撃で折れ、切っ先二十センチが飛んで十兵衛の胸に突き立った……。

まるで大きな船が沈没でもしていくように、十兵衛の体が倒れこんだ。

弥三郎は駆け寄った。

「触るな」

「か、かか刀の刃を、抜かないと」

十兵衛は首を横に振った。受けた傷の深さは、誰よりもよくわかっていた。胸に食いこんだ刀の切っ先を抜けば、もう血はとまらない。十兵衛はふところに手を入れた。タマサイを握っていると、少しずつ力が湧いてきた。土間に両手をついて、体を立てた。そして戸口に向かって歩き出した。

「十兵衛！」

叫び声がして、誰かが大階段を駆け下りてきた。二階の回廊で様子を見守っていたお梶だ。ほかの女たちは、回廊から蒼白な顔を突き出している。

「お梶か」

十兵衛は店の戸口で立ち止まった。

「済まないが、金吾を葬ってやってくれないか」

「わかった。あたしが引き受けたから、安心しな」

お梶は抱きつくように、倒れかかった十兵衛を支えた。

「どうすんだい、あんたは」

「家へ、帰る」

「誰か、馬だ、曳いてきな」

日はすすり泣く紅もなく、すでにとっぷり暮れていた。いつ降り出したのか、真っ暗な空から雪がこんこんと落ちている。弥三郎が走り出て、十兵衛の馬を門前まで曳いてきた。

お梶は十兵衛の体を支え、一歩ずつ、そこまで歩いた。

「乗れるかい」

乗った。

「済まんな。体を、縛りつけてくれるか」

あのときと同じだ、と十兵衛は思った。馬に小便をかけられ、くそ、と雪の中から起き上がった。くたばってたまるか。その一心で、手綱を体に巻いて、馬に縛りつけた。

「いいよ行って。道はわかるね」

雪が激しくなってきた。馬は首を振って歩き出した。十兵衛は落ちないように、馬の首にしがみついた。あのときと同じだ。そう思うと、なぜか頰が緩んだ。

生死をかけて雪降りしきる地の果ての夜は暗く、行く手はさらに暗かった。

この作品は、李相日氏脚本・監督の映画「許されざる者」を
原案に書き下ろしたものです。

許《ゆる》されざる者《もの》

司城志朗《つかさきしろう》

平成25年6月30日　初版発行

発行人――石原正康
編集人――永島賞二
発行所――株式会社幻冬舎
〒151-0051東京都渋谷区千駄ヶ谷4-9-7
電話　03(5411)6222(営業)
　　　03(5411)6211(編集)
振替00120-8-767643
印刷・製本―中央精版印刷株式会社
装丁者――高橋雅之

幻冬舎文庫

ISBN978-4-344-42028-1　C0193　つ-9-1